Jean Rhys:
Sargassomeer
Roman

Deutsch von Anna Leube
Mit biographischen und editorischen
Nachbemerkungen von Diana Athill

Deutscher
Taschenbuch
Verlag

Ungekürzte Ausgabe
Juni 1993
Deutscher Taschenbuch Verlag GmbH & Co. KG,
München
Lizenzausgabe mit freundlicher Genehmigung der
Rogner & Bernhard GmbH & Co. Verlags KG, Hamburg
© 1966 Jean Rhys
Titel der englischen Originalausgabe:
›Wide Sargasso Sea‹ (André Deutsch Limited, London)
© 1979 für das Nachwort: Diana Athill
© 1980/1985 der deutschsprachigen Ausgabe:
Rogner & Bernhard GmbH & Co. Verlags KG, München
ISBN 3-8077-0216-4
Umschlagtypographie: Celestino Piatti
Foto: Connection Film
Gesamtherstellung: C.H. Beck'sche Buchdruckerei,
Nördlingen
Printed in Germany · ISBN 3-423-11716-8

Erster Teil

Es heißt: Wenn schlechte Zeiten kommen, schließt die Reihen, und so hielten es die Weißen. Doch wir waren nicht aus ihren Reihen. Die Damen von Jamaika hatten meine Mutter nie akzeptiert, »denn sie war so hübsch, wie's hübscher nicht geht«, sagte Christophine.

Sie war meines Vaters zweite Frau, viel zu jung für ihn, wie die Leute meinten, und, schlimmer noch, ein Mädchen aus Martinique. Als ich sie fragte, warum so wenig Leute zu uns kämen, sagte sie zu mir, daß die Straße von Spanish Town heraus zum Coulibri Estate, wo wir wohnten, sehr schlecht sei, und das Ausbessern von Straßen etwas sei, was vorbei war. (Mein Vater, Gäste, Pferde, das Gefühl, im Bett gut aufgehoben zu sein – das war alles vorbei.)

Ein anderes Mal hörte ich, wie sie zu Mr. Luttrell sagte, der unser Nachbar war und ihr einziger Freund: »Natürlich haben sie ihre eigenen Sorgen. Immer noch das Warten auf diese Entschädigung, die ihnen die Engländer versprochen haben, als das Gesetz über die Aufhebung der Sklaverei kam. Manche werden noch lange warten.«

Wie konnte sie auch wissen, daß Mr. Luttrell der erste sein würde, der des Wartens müde wurde? An einem stillen Abend erschoß er seinen Hund, schwamm hinaus ins Meer und war für immer verschwunden. Niemand kam aus England, um sich um seinen Besitz zu kümmern – Nelson's Rest hieß die Pflanzung –, und Fremde aus Spanish Town kamen herübergeritten, um zu tratschen und sich über die tragische Geschichte zu verbreiten.

»In Nelson's Rest wohnen? Nicht für Geld und gute Worte. Ein Ort, der Unglück bringt.«

Mr. Luttrells Haus blieb leer, Fensterläden schlugen im Wind. Bald sagten die Schwarzen, das Haus sei verwünscht, sie wollten nicht in seine Nähe kommen. Und so kam auch keiner in unsere Nähe.

Ich gewöhnte mich an ein einsames Leben, aber meine Mutter machte immer noch Pläne und hoffte immer noch – vielleicht mußte sie jedesmal hoffen, wenn sie an einem Spiegel vorbeiging.

Noch immer ritt sie jeden Morgen aus, kümmerte sich nicht darum, daß die Schwarzen in Grüppchen herumstanden und sich über sie lustig machten, zumal ihre Reitkleidung allmählich schäbig wurde (sie haben einen Blick für Kleidung, sie kennen sich aus mit Geld).

Dann sah ich eines Tages, in aller Frühe, ihr Pferd unter dem Frangipani-Baum liegen. Ich ging zu ihm hin, aber es war nicht krank, es war tot, und seine Augen waren schwarz von Fliegen. Ich rannte weg und sagte nichts davon, denn ich dachte, wenn ich niemand etwas sagte, sei es vielleicht nicht wahr. Doch später an demselben Tag fand Godfrey das Pferd, es war vergiftet worden. »Nun sind wir von aller Welt verlassen«, sagte meine Mutter, »was soll nun aus uns werden?«

Godfrey sagte: »Kann nich Tag un Nacht auf den Gaul aufpassen. Bin jetzt zu alt dafür. Wenn die alten Zeiten vorbei sind, laß sie gehn. Hat kein Sinn, sich dran zu klammern. Der Herr macht kein Unterschied zwischen schwarz und weiß, schwarz und weiß ist ihm gleich. Ruhe in Frieden, denn der Gerechte soll nicht verderben.« Doch das konnte sie nicht. Sie war jung. Wie hätte sie auf all die Dinge verzichten können, die so plötzlich, so ohne jede Warnung verschwunden waren?

»Man ist blind, wenn man blind sein will«, sagte sie heftig, »und man ist taub, wenn man taub sein will. Der alte Heuchler«, sagte sie immer wieder. »Er hat gewußt, was sie vorhatten.«

»Der Teufel ist Herr von dieser Welt«, sagte Godfrey, »aber diese Welt dauert nich so lang für uns Sterbliche.«

Sie brachte einen Doktor aus Spanish Town dazu, meinen jüngeren Bruder Pierre zu untersuchen, der beim Gehen schwankte und nicht deutlich sprechen konnte. Ich weiß nicht, was der Doktor ihr sagte oder was sie ihm sagte, jedenfalls kam er nie wieder, und danach ging eine Veränderung mit ihr vor. Plötzlich, nicht allmählich. Sie wurde dünn und schweigsam, und schließlich wollte sie das Haus überhaupt nicht mehr verlassen.

Unser Garten war groß und schön, wie jener Garten aus der Bibel – dort wuchs der Lebensbaum. Aber er war ganz verwildert. Die Wege waren zugewachsen, und ein Geruch nach toten Blumen vermischte sich mit dem frischen, lebendigen Geruch. Unter den Baumfarnen, groß wie die Baumfarne in den Wäldern, war das Licht grün. Orchideen blühten außer Reichweite oder durften aus irgendeinem Grund nicht berührt werden. Manche sahen aus wie Schlangen, andere wie Tintenfische mit langen, dünnen, braunen Fangarmen, die ohne Blätter von gekrümmten Wurzeln herabhingen. Zweimal im Jahr blühten die Tintenfisch-Orchideen – dann sah man nichts von ihren Fangarmen. Eine glockenförmige Masse, weiß, malvenfarben und tiefe Purpurtöne, wunderbar anzusehen. Sie dufteten sehr süß und stark. Ich ging nie in ihre Nähe.

Ganz Coulibri Estate war verwildert wie der Garten, war Urwald geworden. Es gab keine Sklaven mehr – warum sollte *irgendein* Mensch arbeiten? Mich machte das nie traurig. Ich erinnerte mich nicht an die guten Zeiten.

Meine Mutter ging oft dem Glacis auf und ab, einer gepflasterten, überdachten Terrasse, die am Haus entlangführte und schräg anstieg bis hin zu einem Bambuswäldchen. Von dort oben hatte sie einen Blick auf das Meer, doch jeder, der vorbeikam, konnte sie anstarren. Sie starrten zu ihr hinüber, und manchmal lachten sie. Noch lange nachdem sich das Gelächter in der Ferne verloren hatte, stand sie da mit geschlossenen Augen und zusammengepreßten Händen. Eine Falte erschien zwischen ihren schwarzen Augenbrauen, tief, wie mit dem Messer eingeritzt. Ich haßte diese Falte, und einmal berührte ich ihre Stirn und wollte sie glätten. Doch sie schob mich zur Seite, nicht schroff, sondern ruhig, kühl,

ohne ein Wort zu sagen, als hätte sie ein für allemal ent-
schieden, daß ich ihr nicht helfen konnte. Sie wollte neben Pierre sitzen oder herumwandern, ohne belästigt zu
werden, sie wollte Ruhe und Frieden. Ich war groß genug, mich selbst zu beschäftigen. »Ach, laß mich in Ruhe«, sagte sie dann zu mir, »laß mich in Ruhe«, und als
ich merkte, daß sie laut mit sich selbst sprach, fürchtete
ich mich ein wenig vor ihr.

Und so verbrachte ich den größten Teil meiner Zeit in
der Küche, die abseits vom Haus in einem Nebengebäude
untergebracht war. Christophine schlief in dem kleinen
Raum daneben. Wenn es Abend wurde, sang sie mir vor,
falls sie dazu aufgelegt war. Ich konnte ihre Patois-Lieder
– auch sie stammte aus Martinique – nicht immer verstehen, doch brachte sie mir das eine bei, das ungefähr so
lautete: »Die Kleinen werden groß, die Kinder gehen von
uns fort, ach kommen sie je wieder?«, und dann das Lied
von den Blüten des Zedernbaums, die nur einen Tag blü-
hen.

Die Melodie klang fröhlich, doch die Worte waren
traurig, und Christophines Stimme klang oft zittrig und
brach beim höchsten Ton. »Adieu«. Nicht adieu, wie wir
sagten, sondern *à dieu*, was ja auch mehr Sinn gab. Der
Liebste war einsam, das Mädchen war verlassen worden,
die Kinder kamen nie zurück. Adieu.

Ihre Lieder waren nicht wie die jamaikanischen Lieder,
und sie war nicht wie die anderen Frauen.

Sie war viel schwärzer – blauschwarz, mit einem
schmalen Gesicht und strengen Zügen. Sie trug schwarze
Kleider, schwere goldene Ohrringe und ein gelbes Kopftuch mit abstehenden Zipfeln – sorgfältig über der Stirn
geknotet. Keine andere Negerin trug schwarz oder
knüpfte ihr Kopftuch nach Art der Frauen von Martinique. Sie hatte eine leise Stimme und ein ruhiges Lachen
(wenn sie lachte), und obwohl sie gutes Englisch sprechen konnte, wenn sie wollte, und Französisch ebenso
wie Patois, achtete sie darauf zu sprechen, wie die ande-

ren sprachen. Aber sie wollten nichts mit ihr zu tun haben, und ihren Sohn, der in Spanish Town arbeitete, sah sie nie. Sie hatte nur eine einzige Freundin – eine Frau namens Maillotte, und Maillotte stammte nicht aus Jamaika.

Die Mädchen von der Küste, die manchmal beim Waschen und Putzen halfen, hatten Angst vor ihr. Nur deshalb kamen sie überhaupt, wie ich bald entdeckte – denn sie bezahlte sie nie. Sie brachten sogar Früchte und Gemüse, und nach Einbruch der Dunkelheit hörte ich oft leise Stimmen aus der Küche herüber.

Und so fragte ich nach Christophine. War sie sehr alt? War sie schon immer bei uns?

»Sie war das Hochzeitsgeschenk deines Vaters – eines seiner Geschenke. Er dachte, ein Mädchen aus Martinique würde mir zusagen. Ich weiß nicht, wie alt sie war, als man sie nach Jamaika brachte, wohl ziemlich jung. Ich weiß nicht, wie alt sie jetzt ist. Ist das denn wichtig? Warum plagst du mich und liegst mir in den Ohren wegen all dieser Dinge, die längst vorbei sind? Christophine ist bei mir geblieben, weil sie bleiben wollte. Sie hatte ihre eigenen guten Gründe, darauf kannst du dich verlassen. Man kann wohl sagen, daß wir gestorben wären, wenn sie sich gegen uns gestellt hätte, und das wäre ein besseres Los gewesen. Sterben und vergessen werden und seine Ruhe haben. Nicht wissen, daß man verlassen ist, verleumdet wird, hilflos ist. Alle, die starben – wer legt nun ein gutes Wort für sie ein?«

»Godfrey ist auch geblieben«, sagte ich. »Und Sass.«

»Sie sind geblieben«, sagte sie ärgerlich, »weil sie irgendwo schlafen und irgend etwas essen wollten. Dieser Sass! Als seine Mutter davonstolzierte und ihn hier ließ – schön hat *die* sich um ihn gekümmert –, nun, da war er ein kleines Skelett. Dann ist er ein großer, kräftiger Junge, und weg ist er. Den werden wir nie wiedersehen. Godfrey ist ein Gauner. Diese Neuen sind nicht gerade freundlich zu alten Leuten, und das weiß er. Deshalb bleibt er auch. Macht keinen Finger krumm, aber frißt wie ein Scheunendrescher. Tut so, als sei er taub. Er ist nicht taub, er will nicht hören. Er ist ein richtiger Teufel!«

»Warum sagst du ihm nicht, er soll sich woanders etwas suchen?« fragte ich, und sie lachte.

»Er würde nicht weggehen. Eher würde er versuchen, uns rauszuekeln. Ich habe gelernt, schlafende Köter nicht zu wecken«, sagte sie.

Würde Christophine gehen, wenn du sie fortschicken würdest? dachte ich. Aber ich sagte es nicht. Ich hatte Angst, es zu sagen.

Es war wirklich heiß an diesem Nachmittag. Ich konnte die Schweißperlen auf ihrer Oberlippe sehen und die dunklen Ringe unter ihren Augen. Ich begann, ihr Luft zuzufächeln, doch sie wandte den Kopf ab. Sie könnte vielleicht ein bißchen schlafen, wenn ich sie in Frieden ließe, sagte sie.

Früher wäre ich leise zurückgekommen, um sie zu beobachten, wie sie auf dem blauen Sofa schlief – früher erfand ich Ausreden, um in ihrer Nähe sein zu können, wenn sie ihr Haar bürstete, einen weichen schwarzen Mantel, der mich bedecken, mich verbergen, mich schützen konnte.

Doch das war vorbei. Vorüber und vorbei.


Dies waren die einzigen Menschen in meinem Leben – meine Mutter und Pierre, Christophine, Godfrey und Sass, der von uns fortgegangen war.

Nie sah ich irgendeinen fremden Neger an. Sie haßten uns. Sie nannten uns weiße Kakerlaken. Schlafende Hunde soll man nicht wecken. Einmal ging ein kleines Mädchen hinter mir her und sang: »Geh weg, weißer Kakerlak, geh weg, geh weg.« Ich ging schnell, doch sie ging schneller. »Weißer Kakerlak, geh weg, geh weg. Niemand will dich. Geh weg.«

Als ich wieder zu Hause und in Sicherheit war, setzte

ich mich nahe an die alte Mauer am Ende des Gartens. Sie war mit grünem Moos bedeckt, weich wie Samt, und ich wollte mich nie mehr bewegen. Alles würde nur noch schlimmer werden, wenn ich mich bewegte. Christophine fand mich dort, als es fast dunkel war, und ich war so steif, daß sie mir beim Aufstehen helfen mußte. Sie sagte nichts, aber am nächsten Morgen war Tia in der Küche, mit ihrer Mutter Maillotte, Christophines Freundin. Bald war Tia meine Freundin, und fast jeden Morgen traf ich sie dort, wo die Straße zum Fluß abbog.

Manchmal verließen wir das Flußbecken, wo wir badeten, um die Mittagszeit, manchmal blieben wir bis zum späten Nachmittag. Dann machte Tia ein Feuer (das Feuer ging bei ihr immer an, spitze Steine verletzten ihre bloßen Füße nicht, ich sah sie niemals weinen). Wir kochten grüne Bananen in einem alten Eisentopf und aßen sie mit den Fingern aus einer Kalebasse, und wenn wir gegessen hatten, schlief sie auf der Stelle ein. Ich konnte nicht schlafen, aber ich war auch nicht richtig wach, während ich im Schatten lag und auf das Flußbecken blickte – tief und dunkelgrün unter den Bäumen, braungrün, wenn es geregnet hatte, doch in der Sonne hellgrün und glitzernd. Das Wasser war so klar, daß man an seichten Stellen die Kiesel auf dem Grund sehen konnte. Blau und weiß und mit roten Streifen. Wirklich hübsch. Ob es früh war oder spät, wir trennten uns immer an der Biegung der Straße. Meine Mutter fragte mich nie, wo ich gewesen war oder was ich getan hatte.

Christophine hatte mir ein paar neue Pennies gegeben, die ich in der Tasche meines Kleides bei mir trug. Eines Morgens fielen sie heraus, und so legte ich sie auf einen Stein. Sie glänzten in der Sonne wie Gold, und Tia starrte sie an. Sie hatte kleine Augen, schwarz und tiefliegend.

Dann wettete sie mit mir um drei Pennies, daß ich keinen Purzelbaum unter Wasser schlagen könnte, »du sagst doch immer, daß du's kannst.«

»Natürlich kann ich es.«

13

»Hab nie nich gesehn, wie du's machst«, sagte sie. »Bloß gehört.«

»Ich wette um das ganze Geld, daß ich's kann«, sagte ich. Doch nach einem Purzelbaum drehte ich mich noch einmal und tauchte halb erstickt wieder auf. Tia lachte und sagte zu mir, daß es wahrhaftig so ausgesehen hatte, als ob ich diesmal untergehen würde wie ein Stein. Dann hob sie das Geld auf.

»Ich hab's fertiggebracht«, sagte ich, als ich wieder sprechen konnte, doch sie schüttelte den Kopf. Ich hatte es nicht richtig gemacht, und außerdem konnte man für ein paar Pennies nicht viel kaufen. Warum sah ich sie so an?

»Dann behalt sie doch, du falsches Niggermädchen«, sagte ich, denn ich war müde und mir war übel, weil ich Wasser geschluckt hatte. »Ich kann noch mehr kriegen, wenn ich will.«

Da hätte man ihr was andres erzählt, sagte sie. Man hatte ihr erzählt, daß wir bettelarm waren. Wir aßen getrockneten Fisch – kein Geld für frischen Fisch. Das alte Haus ist so löchrig, daß ihr mit der Kalebasse rumlauft, um das Wasser aufzufangen, wenn's regnet. Es gab viele Weiße auf Jamaika. Richtige Weiße, sie hatten goldnes Geld. Sie schauten uns nicht mal an, niemand sah sie in unsre Nähe kommen. Die Weißen von früher waren jetzt bloß noch weiße Nigger, und schwarze Nigger waren besser als weiße Nigger.

Ich wickelte mich in mein zerrissenes Handtuch und saß auf einem Stein mit dem Rücken zu ihr, zitternd vor Kälte. Doch die Sonne konnte mich nicht wärmen. Ich wollte heim. Ich sah mich um, und Tia war verschwunden. Ich suchte lange Zeit, bevor ich glauben konnte, daß sie mein Kleid mitgenommen hatte – nicht meine Unterwäsche, sie trug nie welche –, sondern mein Kleid, das an jenem Morgen gebügelt, gestärkt und sauber gewesen war. Sie hatte mir ihres dagelassen, und ich zog es schließlich an und ging heim in der glühenden Sonne und mir war übel und ich haßte sie. Ich hatte vor, hinten ums Haus herum zur Küche zu laufen, aber als ich an den Ställen vorbeiging, blieb ich stehen, starrte auf drei fremde Pferde, und meine Mutter sah mich und rief nach mir. Sie war auf dem Glacis mit zwei jungen Damen und einem Herrn. Gäste! Widerwillig schlurfte ich die Stufen hinauf – früher einmal hatte ich mich nach Gästen gesehnt, doch das war Jahre her.

Sie waren sehr schön, fand ich, und sie trugen so schöne Kleider, daß ich wegsah, hinunter auf die Fliesen, und als sie lachten – der Herr lachte am lautesten –, rannte ich ins Haus, in mein Zimmer. Dort stand ich mit dem Rücken zur Tür, und ich konnte fühlen, wie mein Herz schlug, durch und durch. Ich hörte sie reden, und ich hörte, wie sie gingen. Ich kam aus meinem Zimmer, und meine Mutter saß auf dem blauen Sofa. Sie sah mich eine Weile an, bevor sie sagte, daß ich mich sehr merkwürdig benommen hätte. Mein Kleid sei sogar noch schmutziger als gewöhnlich.

»Es ist Tias Kleid.«

»Aber warum trägst du Tias Kleid? Welche von ihnen ist überhaupt Tia?«

Christophine, die in der Speisekammer zugehört hatte, kam sofort, und meine Mutter hieß sie, ein sauberes Kleid für mich zu suchen. »Wirf das Ding weg. Verbrenn es.«

Daraufhin stritten sie sich.

Christophine sagte, ich hätte kein sauberes Kleid. »Sie hat zwei Kleider, eins zum Waschen und eins zum Tragen. Denkst du, saubre Kleider fallen vom Himmel? Manche Leute sind wirklich und wahrhaftig verrückt.«

»Sie muß noch ein anderes Kleid haben«, sagte meine Mutter. »Irgendwo.«

Doch Christophine erklärte ihr laut, daß es eine Schande war. Sie verwahrlost, aus ihr wird nichts. Und kein Mensch kümmert sich.

Meine Mutter ging zum Fenster hinüber. (»Von aller

Welt verlassen«, sagte ihr gerader, schmaler Rücken, ihr sorgfältig gelocktes Haar. »Von allen verlassen.«)

»Sie hat ein altes Musselinkleid. Such das heraus.«

Während Christophine mein Gesicht schrubbte und meine Zöpfe mit einem Stück neuer Schnur zusammenband, sagte sie mir, die Besucher seien die neuen Leute von Nelson's Rest. Sie nannten sich Luttrell, aber ob Engländer oder nicht, sie waren jedenfalls nicht wie der alte Mr. Luttrell. »Der alte Mr. Luttrell tät ihnen ins Gesicht spucken, wenn er sehen könnt, wie sie dich anstarren. Das Unglück ist heut ins Haus gekommen. Das Unglück ist hereingekommen.«

Das alte Musselinkleid fand sich, und es zerriß, als ich mich hineinzwängte. Sie merkte es nicht.

Keine Sklaverei mehr! Da mußte sie lachen! »Diese Neuen haben Brief und Siegel. Ist genau dasselbe. Sie haben Richter. Sie haben Geldstrafen. Sie haben Gefängnisse und Kettensträflinge. Sie haben Tretmaschinen, um einem die Füße zu zerquetschen. Die Neuen sind schlimmer als die Alten – nur schlauer, das ist alles.«

An jenem Abend sprach meine Mutter nicht mit mir und sah mich auch nicht an, und ich dachte: Sie schämt sich für mich, was Tia gesagt hat, ist wahr.

Ich ging früh zu Bett und schlief sofort ein. Ich träumte, ich ging im Wald spazieren. Nicht allein. Jemand, der mich haßte, war bei mir, ich konnte ihn nicht sehen. Ich konnte schwere Tritte hören, die immer näher kamen, und obwohl ich mich abmühte und schrie, konnte ich mich nicht bewegen. Weinend wachte ich auf. Das Bettlaken war am Boden, und meine Mutter sah zu mir herab. »Hast du einen Alptraum gehabt?«

»Ja, einen schlimmen Traum.«

Sie seufzte und deckte mich zu. »Du hast solchen Lärm gemacht. Ich muß zu Pierre, du hast ihn erschreckt.«

Ich lag da und dachte: Ich bin in Sicherheit. Da ist die Ecke der Schlafzimmertür, und da sind die freundlichen Möbel. Dort im Garten ist der Lebensbaum und die

Mauer mit dem grünen Moos. Und dann die Klippen und die hohen Berge und das Meer. Ich bin in Sicherheit. Ich bin vor Fremden sicher.

Das Licht der Kerze in Pierres Zimmer schien immer noch, als ich wieder einschlief. Ich erwachte am nächsten Morgen und wußte, daß nichts mehr so sein würde, wie es gewesen war. Alles würde sich verändern und immer wieder anders werden.

Ich weiß nicht, woher sie das Geld nahm, um den weißen und den rosaroten Musselin zu kaufen. Meterweise Musselin. Vielleicht verkaufte sie ihren letzten Ring, denn einer war noch übriggeblieben. Ich sah ihn in ihrer Schmuckkassette – den Ring und ein Medaillon mit einem Kleeblatt darin. Sie schneiderten und nähten in aller Morgenfrühe und sie nähten immer noch, als ich zu Bett ging. Nach einer Woche hatte sie ein neues Kleid, und ich auch.

Die Luttrells liehen ihr ein Pferd, und oft ritt sie früh am Morgen weg und kam erst spät am nächsten Tag zurück – todmüde, weil sie auf einem Ball gewesen war oder bei einem Picknick im Mondschein. Sie war fröhlich und lachte viel – sie war jünger, als ich sie je gesehen hatte, und es war traurig im Haus, wenn sie gegangen war.

So ging auch ich aus dem Haus und blieb weg, bis es dunkel wurde. Nie war ich lange am Fluß, nie traf ich Tia.

Ich schlug einen anderen Weg ein, vorbei an der alten Zuckermühle und dem Wasserrad, das seit Jahren stillstand. Ich kam an Orte, die ich nie gesehen hatte, wo es keine Straße gab, keinen Weg, keine Spur. Und wenn mir das messerscharfe Gras in Beine und Arme schnitt, dachte ich: Alles besser als Menschen. Ich sah schwarze Ameisen und rote, riesige Bauten, die von weißen Ameisen wimmelten. Regen durchnäßte mich bis auf die Haut – einmal sah ich eine Schlange. Alles war besser als Menschen.

Besser. Besser, besser als Menschen.

Wenn ich die roten und gelben Blumen in der Sonne betrachtete und an nichts dachte, war es, als öffne sich eine Tür, als sei ich irgendwo anders, jemand anderes. Nicht mehr ich selbst.

Ich kannte die Tageszeit, wenn der Himmel, obwohl alles heiß und blau ist und wolkenlos, ganz schwarz aussehen kann.

Ich war Brautjungfer, als meine Mutter Mr. Mason in Spanish Town heiratete. Christophine kräuselte mir das Haar. Ich trug einen Blumenstrauß, und alles, was ich anhatte, war neu – sogar meine schönen Schuhe. Doch aller Augen wandten sich rasch von meinem haßerfüllten Gesicht ab. Ich hatte gehört, was diese lächelnden Leute mit den glatten Gesichtern über sie gesagt hatten, wenn sie nicht zuhörte – und sie nicht merkten, daß ich horchte. Kamen sie nach Coulibri, versteckte ich mich vor ihnen im Garten und belauschte sie.

»Eine verrückte Heirat, und er wird's noch bereuen. Warum sollte ein so reicher Mann, der die Wahl hatte unter allen Mädchen von Westindien und unter vielen in England wahrscheinlich auch –« »Warum *wahrscheinlich*?« sagte die andere Stimme. »*Bestimmt.*« »Warum sollte er also eine Witwe heiraten, die keinen Penny besitzt, und Coulibri ist auch nur eine Ruine? Das Schlamassel nach der Sklavenbefreiung soll den alten Cosway unter die Erde gebracht haben? So ein Unsinn – mit dem Besitz ist es schon Jahre vorher abwärtsgegangen. Er hat sich zu Tode getrunken. Wie oft hat er – na ja! Und die ewigen Weibergeschichten! Sie hat nie etwas getan, um ihn zu hindern – ganz im Gegenteil, sie hat ihn noch ermutigt. An jedem Weihnachten gab's Geschenke und ein Lächeln für die Bastarde. Alte Bräuche? Manche alten Bräuche sollte man besser vergessen und begraben. Ihr neuer Mann wird ein hübsches Sümmchen ausgeben müssen, bevor man in dem Haus überhaupt leben kann – es ist löcherig wie ein Sieb. Und erst die Ställe und die stockfin-

stere Remise und der Dienstbotentrakt und die sechs Fuß
lange Schlange. Mit eignen Augen hab' ich sie gesehen bei
meinem letzten Besuch. Sie lag zusammengerollt auf dem
Toilettensitz. Ob ich erschrocken bin? Geschrien hab'
ich. Dann kam dieser schreckliche Alte daher, den sie bei
sich hat, und krümmte sich vor Lachen. Und diese beiden
Kinder – der Junge ein Kretin, der vor den Leuten versteckt wird, und das Mädchen wird genauso werden,
meiner Ansicht nach – wie sie einen ansieht, zum Fürchten.«

»Oh, ganz meine Meinung«, sagte die andere, »aber
Annette ist eine so hübsche Frau. Und wie sie tanzt! Sie
erinnert mich an dieses Lied ›leicht wie eine Baumwoll-
blüte in der Soundso-Brise‹, oder heißt es ›Luft‹? Ich
hab's vergessen.«

Ja, wie sie tanzte – in der Nacht, als sie von ihren Flitterwochen aus Trinidad zurückgekommen waren und auf
dem Glacis tanzten ohne Musik. Sie brauchte keine Musik, wenn sie tanzte. Sie blieben stehen, und sie bog sich
nach hinten, von seinem Arm gehalten, so weit hinab,
daß ihr schwarzes Haar die Fliesen berührte – und noch
tiefer, noch tiefer hinab. Dann schnellte sie nach oben
und lachte. Bei ihr sah es so einfach aus – als könnte es
jeder -, und er küßte sie – küßte sie lange. Ich war damals
dabei, aber sie hatten mich vergessen, und bald dachte ich
nicht mehr an sie. Ich erinnerte mich, wie jene Frau gesagt hatte: »Tanzen! Er ist nicht nach Westindien gekommen, um zu tanzen – er ist gekommen, um Geld zu machen, so wie sie alle. Ein Paar von den großen Besitztü-
mern sind jetzt billig zu haben, und was dem einen sein
Pech ist, das ist dem andern sein Glück. Nein, das Ganze
ist ein Rätsel. Offenbar ist es nützlich, eine Obeah-Frau
aus Martinique im Haus zu haben.« Sie meinte Christophine. Sie sagte es im Scherz und meinte es nicht so, doch
bald sagten es auch andere Leute – und meinten es.
Während das Anwesen instand gesetzt wurde und sie

auf Trinidad waren, wohnten Pierre und ich bei Tante Cora in Spanish Town.

Mr. Mason hatte etwas gegen Tante Cora, einstige Sklavenbesitzerin, die dem Elend entkommen war und das Schicksal herausgefordert hatte.

»Warum hat sie nichts getan, um euch zu helfen?«

Ich sagte ihm, daß ihr Mann Engländer gewesen sei und uns nicht leiden konnte, und er sagte: »Unsinn.«

»Es ist kein Unsinn, sie lebten in England, und er war böse, wenn sie uns schrieb. Er haßte Westindien. Als er vor kurzem starb, kam sie heim, was hätte sie vorher für uns tun können? *Sie* war ja nicht reich.«

»Das ist *ihre* Version. Ich glaube nichts davon. Eine pflichtvergessene Frau. Wäre ich deine Mutter, würde ich ihr's übelnehmen.«

Keiner von euch versteht uns, dachte ich.

Coulibri sah aus wie vorher, als ich es wiedersah, obwohl alles sauber und ordentlich war, kein Gras zwischen den Platten, keine undichten Stellen. Und doch war es anders als vorher. Sass war zurückgekommen, und ich freute mich. Sie können Geld *riechen*, sagte irgend jemand. Mr. Mason stellte neue Dienstboten ein – ich mochte keinen von ihnen, außer Mannie, den Reitknecht. Ihr Gerede über Christophine war's, was Coulibri veränderte, nicht die Reparaturen oder die neuen Möbel oder die fremden Gesichter. Ihr Gerede über Christophine und Obeah, das veränderte es.

Ich kannte ihr Zimmer so gut – die Bilder der Heiligen Familie und das Gebet um einen glücklichen Tod. Sie hatte eine Bettdecke aus leuchtendbunten Flicken, einen wackligen Schrank für ihre Kleider, und meine Mutter hatte ihr einen alten Schaukelstuhl geschenkt.

Doch eines Tages, als ich dort wartete, hatte ich plötzlich große Angst. Durch die offene Tür kam das Sonnenlicht, in der Nähe der Ställe pfiff jemand vor sich hin, aber ich hatte Angst. Ich war sicher, daß in dem Raum (hinter dem alten schwarzen Schrank?) etwas versteckt war, die verdorrte Hand eines Toten, weiße Hühnerfedern, ein Hahn mit durchschnittener Kehle, der langsam, ganz langsam starb. Blutstropfen um Blutstropfen fiel in ein rotes Becken, und ich bildete mir ein, ich könnte es hören. Niemand hatte jemals zu mir von Obeah gesprochen – doch ich wußte, was ich sehen würde, sollte ich es wagen, hinzublicken. Dann kam Christophine herein, lächelte und begrüßte mich freundlich. Nie geschah etwas Beunruhigendes, und ich vergaß, oder redete mir ein, ich hätte vergessen.

Mr. Mason würde lachen, wenn er wüßte, wie sehr ich mich erschrocken habe. Er würde noch lauter als damals lachen, als meine Mutter ihm sagte, daß sie Coulibri verlassen wollte.

Das fing an, als sie kaum ein Jahr verheiratet waren. Sie sagten immer dasselbe, und mit der Zeit hörte ich nur noch selten hin, wenn sie sich darüber stritten. Ich wußte, daß man uns haßte – aber weggehen ... in diesem Fall stimmte ich meinem Stiefvater zu. Das war nicht möglich.

»Du mußt doch einen Grund haben«, sagte er, und sie antwortete dann immer: »Ich brauche einen Ortswechsel« oder: »Wir könnten Richard besuchen.« (Richard, Mr. Masons Sohn aus erster Ehe, ging auf Barbados zur Schule. Er sollte bald nach England fahren, und wir hatten ihn nur ganz selten gesehen.)

»Ein Verwalter könnte sich um das Anwesen kümmern, wenigstens vorläufig. Die Leute hier hassen uns. Auf jeden Fall hassen sie mich.« Ganz offen sagte sie das eines Tages, und damals lachte er so herzhaft.

»Annette, sei vernünftig. Du warst die Witwe eines Sklavenbesitzers, die Tochter eines Sklavenbesitzers, und du hast hier fast fünf Jahre lang allein mit zwei Kindern gelebt, als wir uns kennenlernten. Damals war es am schlimmsten. Aber du wurdest nie belästigt, niemand hat dir je etwas zuleide getan.«

»Woher weißt du, daß mir nie etwas zuleide geschah?«
erwiderte sie. »Wir waren damals so arm«, sagte sie zu
ihm, »damals konnten sie über uns lachen. Aber jetzt sind
wir nicht mehr arm«, sagte sie. »Du bist kein armer
Mann. Glaubst du, sie wüßten nicht alles über deinen
Besitz auf Trinidad? Und über das Grundstück auf Anti-
gua? Sie reden dauernd über uns. Sie erfinden Geschichten über dich und Lügen über mich. Sie versuchen sogar
herauszufinden, was wir jeden Tag essen.«

»Sie sind neugierig. Das ist nur natürlich. Du hast viel
zu lang allein gelebt, Annette. Du bildest dir Feindselig-
keiten ein, die es nicht gibt. Immer von einem Extrem ins
andere. Bist du nicht wie eine kleine Wildkatze auf mich
losgegangen, als ich ›Nigger‹ sagte? Nicht Nigger, nicht
einmal Neger. ›Schwarze‹ muß ich sagen.«

»Du magst ihre gute Seite nicht, du siehst sie nicht
einmal«, sagte sie, »und du willst auch nicht an die andere
Seite glauben.«

»Sie sind so verdammt faul, die können nicht gefährlich
sein«, sagte Mr. Mason. »Soviel weiß ich.«

»Faul oder nicht, sie sind lebendiger als du, und sie
können gefährlich sein und grausam aus Gründen, die du
nicht verstehen würdest.«

»Nein, ich verstehe nicht«, sagte Mr. Mason dann immer. »Ich verstehe wirklich nicht.«

Aber sie sprach weiterhin vom Weggehen. Beharrlich.
Zornig.

An jenem Abend hielt Mr. Mason auf dem Heimweg bei
den leeren Hütten sein Pferd an.

»Sie sind alle zu einem dieser Tänze gegangen«, sagte
er. »Jung und alt. Wie verlassen die Gegend aussieht.«

»Man hört die Trommeln, wenn sie tanzen.« Ich hoffte,
er würde rasch weiterreiten, doch er blieb bei den Hütten, um die Sonne untergehen zu sehen; Himmel und
Meer standen in Flammen, als wir Bertrand Bay endlich
verließen. Schon aus weiter Ferne sah ich den Schatten

unseres Hauses auf steinernen Grundmauern in die Höhe ragen. Es roch nach Farn und Flußwasser, und ich fühlte mich wieder in Sicherheit, als gehörte ich zu den Gerechten. (Godfrey sagte, daß wir nicht zu den Gerechten gehörten. Eines Tages, als er betrunken war, erklärte er mir, daß wir alle verdammt waren, und Beten würde nicht helfen.)

»Die haben sich eine heiße Nacht für ihren Tanz ausgesucht«, sagte Mr. Mason, und Tante Cora kam auf das Glacis heraus. »Was für ein Tanz? Wo?«

»Es gibt irgendein Fest in der Nachbarschaft. Die Hütten waren leer. Vielleicht eine Hochzeit?«

»Nein, keine Hochzeit«, sagte ich. »Es gibt bei ihnen nie eine Hochzeit.« Er sah mich mißbilligend an, aber Tante Cora lächelte.

Als sie ins Haus gegangen waren, stützte ich meine Arme auf das kühle Geländer des Glacis und dachte, daß ich ihn nie besonders mögen würde. In Gedanken nannte ich ihn noch immer »Mr. Mason«. »Gut Nacht, weißer Papi«, sagte ich eines Abends, und er war nicht verärgert, er lachte nur. In mancher Hinsicht war es besser gewesen, bevor er gekommen war, obwohl er uns aus Armut und Elend gerettet hatte. »Und gerade noch rechtzeitig.« Die Schwarzen hatten uns weniger gehaßt, als wir arm waren. Wir waren weiß, aber wir hatten es nicht geschafft, und bald würden wir tot sein, denn wir hatten kein Geld mehr. Was gab es da noch zu hassen?

Nun hatte es wieder angefangen, und es war schlimmer als zuvor, meine Mutter weiß Bescheid, aber sie kann ihn nicht überzeugen. Ich wünschte, ich könnte ihm sagen, daß es hier bei uns ganz anders ist, als die Engländer glauben. Ich wünschte ...

Ich konnte sie reden hören und hörte Tante Coras Lachen. Ich war froh, daß sie bei uns war. Und ich konnte hören, wie das Bambusrohr seufzte und raschelte, obwohl kein Wind ging. Tagelang war es heiß und still und trocken gewesen. Der Himmel hatte alle Farbe verloren, das Licht war blau und konnte nicht lange so bleiben. Es war nicht gut, auf dem Glacis zu sein, wenn die Nacht kam, sagte Christophine. Als ich ins Haus ging, sprach meine Mutter mit erregter Stimme.

»Ausgezeichnet. Da du dich weigerst, darüber nachzudenken, werde ich gehen und Pierre mitnehmen. Du hast doch hoffentlich nichts dagegen?«

»Du hast vollkommen recht, Annette«, sagte Tante Cora, und das überraschte mich. Sie redete selten, wenn die beiden stritten.

Auch Mr. Mason schien überrascht und ganz und gar nicht erfreut. »Du redest so wirr«, sagte er. »Und du irrst dich so sehr. Natürlich kannst du für eine Weile weggehen, wenn du willst. Ich verspreche es dir.«

»Das hast du schon früher versprochen«, sagte sie. »Du hältst deine Versprechen nicht.«

Er seufzte. »Ich fühle mich sehr wohl hier. Aber wir werden etwas unternehmen. Bald.«

»Ich werde nicht länger auf Coulibri bleiben«, sagte meine Mutter. »Es ist nicht sicher. Es ist nicht sicher für Pierre.«

Tante Cora nickte.

Da es spät war, aß ich zusammen mit ihnen anstatt allein wie sonst. Myra, eine von den neuen Dienstboten, stand neben der Anrichte und wartete, um die Teller zu wechseln. Wir aßen jetzt englische Gerichte, Rind und Hammel, Pasteten und Pudding.

Ich freute mich, nun wie ein englisches Mädchen zu sein. Aber ich vermißte den Geschmack von Christophines Gerichten.

Mein Stiefvater sprach über den Plan, Arbeitskräfte – Kulis nannte er sie – aus Ostindien kommen zu lassen. Als Myra hinausgegangen war, sagte Tante Cora: »An deiner Stelle würde ich lieber nicht darüber reden. Myra hört zu.«

»Die Leute hier wollen doch nicht arbeiten. Sie wollen

nichts tun. Sieh dir nur die Wirtschaft hier an – es kann einem das Herz brechen.«

»Hier sind schon Herzen gebrochen«, sagte sie. »Da kannst du sicher sein. Ich denke, ihr alle wißt, was ihr tut.«

»Willst du damit sagen –«

»Ich habe nichts gesagt, nur, daß es klüger wäre, vor dieser Frau nichts von deinen Plänen zu erzählen – so notwendig und hilfreich sie zweifellos sind. Ich traue ihr nicht.«

»Da lebt ihr hier die längste Zeit eures Lebens und wißt nichts von den Leuten. Wirklich erstaunlich. Das sind doch Kinder – sie würden keiner Fliege etwas zuleide tun.«

»Unglücklicherweise tun aber Kinder Fliegen etwas zuleide«, sagte Tante Cora.

Myra kam wieder herein und sah so düster aus wie immer, obwohl sie lächelte, wenn sie von der Hölle sprach. Alle kamen in die Hölle, sagte sie mir; man mußte zu ihrer Sekte gehören, um gerettet zu werden, und selbst dann durfte man nicht zu sicher sein. Sie hatte dünne Arme und große Hände und Füße, und das Tuch, das sie um den Kopf gebunden trug, war immer weiß. Nie gestreift oder in bunten, lebhaften Farben.

Ich blickte von ihr weg, zu meinem Lieblingsbild hinüber, ›Die Müllerstochter‹ – ein entzückendes englisches Mädchen mit braunen Locken und blauen Augen, ihr Kleid war über die Schultern geglitten. Dann sah ich über das weiße Tischtuch und die Vase mit gelben Rosen hinweg zu Mr. Mason, der seiner selbst so sicher war, so ganz und gar englisch. Und zu meiner Mutter, die so ganz und gar nicht englisch war, aber auch kein weißer Nigger. Nicht meine Mutter. War's nie gewesen, konnte es nie sein. Ja, sie wäre gestorben, dachte ich, wenn sie ihm nicht begegnet wäre. Und zum ersten Mal war ich dankbar und mochte ihn. Es gibt mehr als nur eine Art, glücklich zu sein. Vielleicht ist es besser, ruhig, zufrieden und behütet zu sein wie jetzt, ruhig viele viele Jahre lang, und danach kann ich vielleicht gerettet werden, was auch immer Myra sagt. (Als ich Christophine fragte, was geschieht, wenn man stirbt, sagte sie: »Du willst zuviel wissen.«) Ich vergaß nicht, meinem Stiefvater einen Gutenachtkuß zu geben. Tante Cora hatte einmal zu mir gesagt: »Er ist sehr gekränkt, weil du ihm nie einen Kuß gibst.«

»Er sieht nicht gekränkt aus«, widersprach ich.

»Es ist ein großer Fehler, nach dem Äußeren zu schließen«, sagte sie, »so oder so.«

Ich ging in Pierres Zimmer, das neben meinem lag, das hinterste im Haus. Der Bambus wuchs vor seinem Fenster. Man konnte ihn beinahe berühren. Pierre hatte immer noch ein Kinderbett, und er schlief immer mehr, fast die ganze Zeit. Er war so dünn, daß ich ihn leicht hochheben konnte. Mr. Mason hatte versprochen, ihn später nach England zu schicken, dort würde er geheilt werden, er würde wie andere Menschen sein. Und wie wird dir das gefallen? dachte ich, als ich ihm einen Kuß gab. Wie wird dir das gefallen, wenn du genauso bist wie andere Menschen? Im Schlaf sah er glücklich aus. Erst später. Später. Schlaf jetzt. In diesem Augenblick hörte ich wieder das Knacken im Bambusrohr und ein Geräusch wie Geflüster. Ich zwang mich, aus dem Fenster zu sehen. Es war Vollmond, doch ich sah niemand, nichts als Schatten.

Ich ließ eine Kerze auf dem Stuhl neben meinem Bett brennen und wartete auf Christophine, denn ich hatte es gern, wenn ich sie vor dem Einschlafen noch sah. Aber sie kam nicht, und als die Kerze herabgebrannt war, verließ mich das friedliche, sichere Gefühl. Ich wünschte, ich hätte einen großen kubanischen Hund, der neben meinem Bett liegen und mich beschützen würde. Ich wünschte, ich hätte kein Geräusch im Bambus gehört oder wäre noch einmal sehr klein, denn damals glaubte ich an meinen Stock. Es war kein Stock, sondern ein langes, schmales Stück Holz mit zwei Nägeln, die an seinem Ende hervorstanden, eine Schindel vielleicht. Ich hatte es aufgehoben, bald nachdem sie unser Pferd getötet hatten, und ich dachte, ich kann damit kämpfen; wenn es zum Schlimmsten kommt, kann ich kämpfen bis zum Ende, obwohl die Besten fallen, aber das ist eine andere Geschichte. Christophine klopfte die Nägel heraus, doch sie ließ mir die Schindel, und ich mochte sie mit der Zeit sehr, ich glaubte, daß niemand mir etwas zuleide tun konnte, wenn ich sie bei mir hatte, und daß es ein großes Unglück wäre, sie zu verlieren. All dies war lange her, als ich noch ganz klein war und überzeugt, daß alles lebendig war, nicht nur der Fluß oder der Regen, sondern Stühle, Spiegel, Tassen, Untertassen, alles.

Ich wachte auf, und es war immer noch Nacht, und meine Mutter war da. Sie sagte: »Steh auf und zieh dich an und komm schnell herunter.« Sie war angekleidet, doch sie hatte ihr Haar nicht aufgesteckt, und eine Flechte hing aufgelöst herab. »Schnell«, sagte sie noch einmal, dann ging sie in Pierres Zimmer nebenan. Ich hörte, wie sie mit Myra sprach und wie Myra ihr antwortete. Ich lag da, halb schlafend, blickte auf die brennende Kerze auf der Kommode, bis ich ein Geräusch hörte, als sei ein Stuhl in dem kleinen Zimmer umgefallen. Dann stand ich auf und zog mich an.

Die Zimmer im Haus lagen verschieden hoch. Drei Stufen führten von meinem und Pierres Schlafzimmer zum Eßzimmer, und dann gingen drei Stufen vom Eßzimmer hinunter in den übrigen Teil des Hauses; das nannten wir »unten«. Die Schiebetüren des Eßzimmers waren nicht geschlossen, und ich konnte sehen, daß das große Wohnzimmer voller Leute war. Mr. Mason, meine Mutter, Christophine und Mannie und Sass. Tante Cora saß jetzt auf dem blauen Sofa in der Ecke. Sie trug ein schwarzes Seidenkleid, ihre Löckchen waren sorgfältig frisiert. Sie sah sehr hochmütig aus, dachte ich. Doch Godfrey war nicht da, auch nicht Myra oder der Koch oder irgendeiner von den anderen.

»Es gibt keinen Grund zur Beunruhigung«, sagte mein Stiefvater, als ich hereinkam. »Ein paar betrunkene Neger.« Er öffnete die Tür, die auf das Glacis führte, und ging hinaus. »Was bedeutet das alles«, rief er. »Was wollt ihr?« Ein entsetzlicher Lärm erhob sich, es klang wie das Geheul von Tieren, aber schlimmer. Wir hörten Steine auf das Glacis fallen, er war bleich, als er wieder hereinkam, doch er versuchte zu lächeln, als er die Tür schloß und verriegelte. »Es sind mehr, als ich dachte, und in übler Stimmung sind sie auch. Morgen früh wird es ihnen leid tun. Ich sehe schon, es gibt morgen Geschenke, in Sirup eingelegte Tamarinden und Ingwergebäck.«

»Morgen wird es zu spät sein«, sagte Tante Cora. »Zu spät für Ingwergebäck oder irgend etwas anderes.« Meine Mutter hörte keinem der beiden zu. Sie sagte: »Pierre schläft, und Myra ist bei ihm, ich dachte, es sei besser, ihn in seinem Zimmer zu lassen, weg von diesem gräßlichen Lärm. Ich weiß nicht. Vielleicht.« Sie verkrampfte ihre Hände ineinander, ihr Ehering fiel zu Boden und rollte in eine Ecke, dicht bei den Stufen. Mein Stiefvater und Mannie bückten sich beide danach, dann richtete sich Mannie auf und sagte: »Um Gottes willen, sie kommen von hinten, sie stecken das Haus von hinten in Brand.«

Er deutete auf die Tür meines Schlafzimmers, die ich hinter mir geschlossen hatte, und Rauch quoll darunter hervor.

Ich sah nicht, wie meine Mutter aufsprang, so schnell war sie. Sie öffnete die Tür zu meinem Zimmer, und wieder sah ich sie nicht, nichts als Rauch. Mannie rannte ihr nach, und auch Mr. Mason, doch er war nicht so schnell. Tante Cora legte die Arme um mich. Sie sagte: »Hab keine Angst, du bist in Sicherheit. Wir sind alle in Sicherheit.« Nur einen Augenblick schloß ich die Augen und lehnte meinen Kopf gegen ihre Schulter. Ich erinnere mich, daß sie nach Vanille roch. Dann roch es nach etwas anderem, nach verbranntem Haar, und ich blickte hoch, und meine Mutter war im Zimmer und trug Pierre in den Armen. Eine Haarsträhne war versengt, und das war es, was so roch.

Ich dachte, Pierre ist tot. Er sah aus wie tot. Er war weiß, und er gab keinen Laut von sich, sein Kopf hing über ihrem Arm nach hinten, als sei überhaupt kein Leben in ihm, und seine Augen waren nach oben verdreht, daß man nur das Weiße sah. Mein Stiefvater sagte: »Annette, du bist verletzt – deine Hände . . .« Doch sie sah ihn nicht einmal an. »Sein Bettchen stand in Flammen«, sagte sie zu Tante Cora. »Das kleine Zimmer steht in Flammen, und Myra war nicht da. Sie ist fort. Sie war nicht da.«

»Das überrascht mich ganz und gar nicht«, sagte Tante Cora. Sie legte Pierre auf das Sofa, beugte sich über ihn, hob dann ihren Rock hoch, stieg aus ihrem weißen Unterrock und begann, ihn in Streifen zu zerreißen.

»Sie hat ihn im Stich gelassen, sie ist weggelaufen und hat ihn allein gelassen, damit er stirbt«, sagte meine Mutter immer noch flüsternd. So war es um so schrecklicher, als sie begann, Mr. Mason schreiend zu beschimpfen und ihn einen Narren, einen grausamen dummen Narren hieß. »Ich habe es dir gesagt«, schrie sie, »immer wieder habe ich dir gesagt, was geschehen würde.« Ihre Stimme brach, aber noch immer schrie sie. »Du wolltest nicht hören, du hast mich verspottet, du grinsender Heuchler, du dürftest auch nicht leben, du weißt ja so viel, oder etwa nicht? Warum gehst du nicht hinaus und bittest sie, dich gehen zu lassen? Sag ihnen, wie unschuldig du bist. Sag, daß du ihnen immer vertraut hast.«

Ich war so entsetzt, daß sich mir alles verwirrte. Und es ging schnell. Ich sah, wie Mannie und Sass mit zwei großen irdenen Wasserkrügen daherstolperten, die in der Speisekammer aufbewahrt wurden. Sie schütteten das Wasser ins Schlafzimmer, und es bildete eine schwarze Lache auf dem Boden, doch der Rauch wälzte sich über die Lache hinweg. Dann kam Christophine zurück, die ins Schlafzimmer meiner Mutter gerannt war, um den Krug zu holen, und sagte etwas zu meiner Tante.

»Es sieht aus, als hätten sie auch die andere Seite des Hauses angezündet«, sagte Tante Cora. »Sie müssen auf den Baum da draußen geklettert sein, das Haus wird wie Zunder brennen, und wir können nichts tun, um es zu verhindern. Je schneller wir herauskommen, um so besser.«

Mannie sagte zu dem Jungen: »Hast Angst?« Sass schüttelte den Kopf. »Dann komm«, sagte Mannie. »Aus dem Weg«, sagte er und schob Mr. Mason beiseite. Schmale Holzstiegen führten von der Speisekammer zu den Nebengebäuden, hinab zur Küche, zu den Räumen der Dienstboten, zu den Ställen. Und dort gingen sie hin. »Nimm das Kind mit«, sagte Tante Cora zu Christophine, »und komm.«

Auch auf dem Glacis war es sehr heiß, sie brüllten, als wir herauskamen, dann hörte man ein anderes Brüllen hinter uns. Ich hatte erst keine Flammen gesehen, nur Rauch und Funken, aber nun sah ich hohe Flammen, die zum Himmel emporschossen, denn der Bambus hatte Feuer gefangen. Ein paar Baumfarne standen in der Nähe, grün und feucht, und auch einer der Farne schwelte.

»Komm schnell«, sagte Tante Cora, und sie ging voraus und hielt meine Hand. Christophine folgte, sie trug Pierre, und sie waren ganz still, als wir die Stufen des Glacis hinuntergingen. Doch als ich mich nach meiner Mutter umwandte, sah ich, daß Mr. Mason – sein Gesicht von der Hitze purpurrot – sie mit sich zu schleppen schien, und sie sträubte sich heftig. Ich hörte ihn sagen: »Es ist unmöglich, es ist jetzt zu spät.«

»Will sie ihre Schmuckkassette?« sagte Tante Cora.

»Ihre Schmuckkassette? Das könnte man noch verstehen«, knurrte Mr. Mason. »Sie wollte zurück, um ihren verdammten Papagei zu holen. Das werde ich nicht zulassen.« Sie antwortete nicht, kämpfte nur stumm mit ihm, wand sich wie eine Katze und zeigte die Zähne.

Unser Papagei hieß Coco, es war ein grüner Papagei. Er konnte nicht besonders gut sprechen, er sagte »Qui est là? Qui est là?« und gab sich selbst die Antwort »Ché Coco. Ché Coco.« Nachdem Mr. Mason ihm die Flügel gestutzt hatte, wurde er bösartig, und obwohl er immer friedlich meiner Mutter auf der Schulter saß, schoß er blitzschnell auf jeden zu, der in ihre Nähe kam, und hackte nach dessen Füßen.

»Annette«, sagte Tante Cora. »Sie lachen über dich. Laß nicht zu, daß sie über dich lachen.« Da hörte sie auf, sich zu wehren, und halb trug er sie, halb zog er sie laut fluchend hinter uns her.

Noch immer waren sie still, und es waren so viele, daß ich kaum mehr Gras oder Bäume sehen konnte. Es mußten viele Leute von der Küste dabeigewesen sein, aber ich erkannte keinen. Sie sahen alle gleich aus, es war das gleiche Gesicht, das sich immer wiederholte, funkelnde Augen, der Mund zum Schreien halb geöffnet. Wir waren an dem Trittstein zum Aufsitzen vorbei, als sie Mannie sahen, der die Kutsche um die Ecke lenkte. Sass folgte zu Pferd, ein zweites führte er am Zügel. Auf dem Pferd, das er führte, war ein Damensattel.

Jemand schrie gellend: »Seht doch den schwarzen Engländer! Seht doch die weißen Nigger!« Und dann schrieen sie alle: »Seht die weißen Nigger! Seht doch die verdammten weißen Nigger!« Ein Stein flog knapp an Mannies Kopf vorbei, er fluchte zurück, und sie wichen vor den erschreckten, scheuenden Pferden aus. »Los, kommt schon, um Gottes willen«, sagte Mr. Mason. »Lauft zum Wagen, lauft zu den Pferden.« Doch wir konnten uns nicht rühren, weil sie zu dicht an uns herangerückt waren. Einige lachten und schwenkten Stöcke, andere, die weiter hinten waren, trugen Fackeln, und es war taghell. Tante Cora hielt meine Hand ganz fest, und ihre Lippen bewegten sich, doch wegen des Lärms konnte ich nichts

31

hören. Und ich hatte Angst, weil ich wußte, daß diejenigen, die lachten, die schlimmsten sein würden. Ich schloß die Augen und wartete. Mr. Mason hörte auf zu fluchen und begann mit lauter, ergriffener Stimme zu beten. Das Gebet endete: »Möge der allmächtige Gott uns beschützen.« Und Gott, der wahrhaftig rätselhaft ist, der kein Zeichen gegeben hatte, als sie den schlafenden Pierre anzündeten – kein Donnerschlag, kein Blitzstrahl war vom Himmel gefallen –, der rätselhafte Gott erhörte Mr. Mason augenblicklich und antwortete ihm. Die Schreie verstummten.

Ich öffnete die Augen, alle sahen nach oben und deuteten auf Coco, der auf dem Geländer des Glacis saß, seine Federn brannten. Er versuchte hinunterzufliegen; doch mit seinen gestutzten Flügeln gelang es ihm nicht, und kreischend stürzte er hinab. Er brannte lichterloh.

Ich begann zu weinen. »Sieh nicht hin«, sagte Tante Cora. »Sieh nicht hin.« Sie bückte sich und legte ihre Arme um mich, und ich verbarg mein Gesicht, doch ich konnte spüren, daß die Leute nicht mehr so nahe waren. Ich hörte, wie jemand etwas von Unglück sagte, und erinnerte mich, daß es Unglück brachte, wenn man einen Papagei tötete, und selbst dann, wenn man einen sterben sah. Einige gingen weg, schnell, stumm, und diejenigen, die noch da waren, wichen zur Seite und beobachteten uns, als wir uns über das Gras schleppten. Sie lachten nicht mehr.

»Lauft zum Wagen, lauft zum Wagen«, sagte Mr. Mason. »Schnell.« Er ging als erster und führte meine Mutter am Arm, dann kam Christophine mit Pierre, und als letzte Tante Cora, die immer noch meine Hand hielt. Keiner von uns blickte zurück.

Mannie hatte die Pferde an der Biegung der gepflasterten Straße angehalten, und als wir näher kamen, hörten wir ihn schreien: »Was seid ihr bloß für welche? Wilde Tiere?« Er wandte sich an eine Gruppe von Männern und ein paar Frauen, die um den Wagen herumstanden. Ein

Farbiger mit einer Machete in der Hand hielt den Zügel. Ich sah weder Sass noch die beiden anderen Pferde. »Steigt ein«, sagte Mr. Mason. »Achtet nicht auf ihn, steigt ein.« Der Mann mit der Machete sagte nein. Wir würden zur Polizei gehen, einen Haufen dreckiger Lügen erzählen. Eine Frau sagte, man sollte uns gehen lassen. Das alles war ein Unfall. Und sie hatten viele Zeugen. »Myra, sie ist Zeugin für uns.«

»Halt den Mund«, sagte der Mann. »Zerquetsch einen Tausendfüßler, zerquetsch ihn, laß ein Stückchen übrig, und wächst wieder nach ... Wem, meinst du, glaubt Polizei, he? Dir oder weißem Nigger?«

Mr. Mason starrte ihn an. Er schien nicht erschrocken, sondern zu erstaunt, um zu sprechen. Mannie ergriff die Peitsche, doch einer der Männer, die dunkler waren als die anderen, wand sie ihm aus der Hand, zerbrach sie über dem Knie und warf sie weg. »Lauf fort, schwarzer Engländer, wie der Junge fortgelaufen ist. Versteck dich in den Büschen. Ist besser für dich.«

Tante Cora war es, die vortrat und sagte: »Der kleine Junge ist sehr schwer verletzt. Er stirbt, wenn wir keine Hilfe bekommen.«

Der Mann sagte: »Schwarz und weiß brennen also gleich, was?«

»Ja, so ist es«, sagte sie. »Hier und im Jenseits, wie du in Bälde merken wirst.«

Er ließ den Zügel los und kam so nahe an sie heran, daß ihre Gesichter sich fast berührten. Er würde sie ins Feuer werfen, sagte er, wenn sie ihm Unglück an den Hals wünschte. Alte weiße Hexe, nannte er sie. Doch sie wich keinen Zentimeter zurück, sie sah ihm gerade in die Augen und drohte ihm mit ruhiger Stimme das ewige Feuer an. »Und nie wird auch nur ein Tropfen Sangaree deine brennende Zunge kühlen«, sagte sie. Wieder beschimpfte er sie, doch er wich zurück. »Steigt jetzt ein«, sagte Mr. Mason. »Du, Christophine, steigst ein mit dem Kind.« Christophine stieg ein. »Jetzt du«, sagte er zu meiner Mutter. Doch sie hatte sich umgewandt und sah zum Haus zurück, und als er seine Hand auf ihren Arm legte, schrie sie.

Eine Frau sagte, sie ist nur gekommen, um zu sehen, was passiert. Eine andere begann zu weinen. Der Mann mit der Machete sagte: »Du weinst wegen ihr – hat sie je wegen dir geweint? Das erzähl mir mal.«

Doch nun wandte auch ich mich um. Das Haus brannte, der gelbrote Himmel sah aus, als ob die Sonne unterginge, und ich wußte, daß ich Coulibri nie wiedersehen würde. Nichts würde übrigbleiben, nicht der goldene Farn und der silberne Farn, nicht die Orchideen, die Ingwer-Lilien und die Rosen, die Schaukelstühle und das blaue Sofa, nicht der Jasmin und das Geißblatt, und auch nicht das Bild von der Müllerstochter. Wenn es zu Ende wäre, würde nichts übrigbleiben als geschwärzte Mauern und der Trittstein. Das blieb immer übrig. Das konnte weder gestohlen noch verbrannt werden.

Dann sah ich, nicht sehr weit weg, Tia, die bei ihrer Mutter stand, und ich rannte auf sie zu, denn sie war alles, was von meinem Leben, wie es gewesen war, übrigblieb. Wir hatten das gleiche gegessen, Seite an Seite geschlafen, im selben Fluß gebadet. Während ich rannte, dachte ich, ich werde bei Tia leben und werde sein wie sie. Um Coulibri nicht zu verlassen. Um nicht wegzugehen. Nie. Als ich ganz nahe war, sah ich den scharfkantigen Stein in ihrer Hand, aber ich sah nicht, wie sie ihn warf. Ich spürte ihn auch nicht, nur etwas Nasses, das über mein Gesicht herunterlief. Ich blickte sie an, und ich sah ihr Gesicht einfallen, als sie zu weinen anfing. Wir starrten einander an, Blut auf meinem Gesicht, Tränen auf ihrem. Es war, als sähe ich mich selber. Wie in einem Spiegel.

»Ich habe meinen Zopf gesehen, als ich aufstand, mit einem roten Band umwickelt«, sagte ich. »In der Kommode. Ich dachte, es sei eine Schlange.«

»Dein Haar mußte abgeschnitten werden. Du bist sehr krank gewesen, mein Liebling«, sagte Tante Cora. »Aber bei mir bist du jetzt in Sicherheit. Wir sind alle in Sicherheit, genau, wie ich es gesagt habe. Du mußt aber im Bett bleiben. Warum wanderst du im Zimmer umher? Dein Haar wird wieder wachsen«, sagte sie. »Länger und dikker.«

»Aber dunkler«, sagte ich.

»Und warum nicht dunkler?«

Sie hob mich hoch, und ich war froh, die weiche Matratze zu spüren, und froh, mit einem kühlen Laken bedeckt zu sein.

»Es ist Zeit für deinen Pfeilwurz-Tee«, sagte sie und ging hinaus. Als ich ihn getrunken hatte, nahm sie die Tasse weg und blickte auf mich herab.

»Ich bin aufgestanden, weil ich wissen wollte, wo ich bin.«

»Und du weißt es, oder?« sagte sie mit besorgter Stimme.

»Natürlich. Aber wie bin ich in dein Haus gekommen?«

»Die Luttrells sind sehr gut zu uns gewesen. Sobald Mannie in Nelson's Rest angekommen war, schickten sie eine Hängematte und vier Männer. Allerdings hat es dich ziemlich durchgeschüttelt. Aber sie haben ihr Bestes getan. Der junge Mr. Luttrell ist den ganzen Weg neben dir hergeritten. War das nicht nett von ihm?«

»Doch«, sagte ich. Sie sah dünn und alt aus, und ihr Haar war nicht hübsch frisiert; ich schloß die Augen und wollte sie nicht sehen.

»Pierre ist tot, nicht wahr?«

»Er ist auf dem Weg hierher gestorben, der arme kleine Junge«, sagte sie.

Er ist schon vorher gestorben, dachte ich, aber ich war zu müde, um zu sprechen.

»Deine Mutter ist auf dem Land. Ruht sich aus. Erholt sich. Du wirst sie bald sehen.«

»Das wußte ich nicht«, sagte ich. »Warum ist sie weggegangen?«

»Du bist fast sechs Wochen lang sehr krank gewesen. Du wußtest von nichts.«

Wozu hätte ich ihr sagen sollen, daß ich schon vorher wach gewesen war und meine Mutter hatte schreien hören: »Qui est là? Qui est là?«, dann: »Faß mich nicht an. Ich bring dich um, wenn du mich anfaßt. Feigling. Heuchler. Ich bring dich um.« Ich hatte mir mit den Händen die Ohren zugehalten, so laut und schrecklich waren ihre Schreie. Ich war eingeschlafen, und als ich wieder erwachte, war alles still gewesen. Noch immer stand Tante Cora an meinem Bett und sah mich an.

»Mein Kopf ist verbunden. Es ist so heiß«, sagte ich. »Werde ich auf der Stirn eine Narbe behalten?«

»Nein, nein.« Sie lächelte zum ersten Mal. »Das heilt sehr schön zu. Es wird dir deinen Hochzeitstag nicht verderben«, sagte sie.

Sie beugte sich hinunter und küßte mich. »Möchtest du irgend etwas? Etwas Kaltes zum Trinken?«

»Nein, nichts zu trinken. Sing mir etwas vor. Das mag ich.«

Sie begann mit unsicherer Stimme:

»Jede Nacht um Punkt halb acht
kommt tapp tapp tapp –«

»Das nicht. Das mag ich nicht. Sing: ›Als ich noch in Banden lag‹.«

Sie saß neben mir und sang sehr leise: »Als ich noch in Banden lag.« Ich hörte nur noch: »Der Kummer, der mein Herz verzehrt –.« Den Schluß hörte ich nicht, doch das hörte ich, bevor ich einschlief: »Der Kummer, der mein Herz verzehrt.«

Ich wollte meine Mutter besuchen. Ich hatte darauf bestanden, daß Christophine mit mir ging, niemand sonst, und da ich noch nicht ganz gesund war, hatten sie nachgegeben. Ich erinnere mich an das dumpfe Gefühl der Teilnahmslosigkeit während unserer Fahrt, denn ich erwartete nicht, sie zu sehen. Sie war ein Teil von Coulibri, und das war verschwunden, also war auch sie verschwunden, dessen war ich gewiß. Doch als wir das saubere, hübsche Häuschen erreichten, wo sie nun lebte (wie es hieß), sprang ich aus dem Wagen und rannte so schnell ich konnte über den Rasen. Eine Tür stand zur Veranda hin offen. Ich ging hinein, ohne zu klopfen, und starrte auf die Leute im Zimmer. Ein farbiger Mann, eine farbige Frau und eine weiße Frau, die dasaß und ihren Kopf so geneigt hielt, daß ich ihr Gesicht nicht sehen konnte. Doch ich erkannte ihr Haar, eine Flechte war viel kürzer als die andere. Und ihr Kleid. Ich legte die Arme um sie und küßte sie. Sie preßte mich so fest an sich, daß ich nicht atmen konnte, und ich dachte: Sie ist es nicht. Dann: Sie muß es sein. Sie sah zur Tür, dann zu mir, dann wieder zur Tür. Ich konnte nicht sagen: Er ist tot, und so schüttelte ich den Kopf. »Aber ich bin hier, ich bin hier«, sagte ich, und sie sagte »nein«, ganz ruhig. Dann: »Nein, nein, nein«, sehr laut, und sie stieß mich von sich. Ich fiel gegen die Wand und tat mir weh. Der Mann und die Frau hielten ihre Arme fest, und Christophine war da.

Die Frau sagte: »Warum bringst du das Kind und machst Ärger und noch mal Ärger. Gibt schon genug Ärger auch ohne das.«

Den ganzen Weg zurück zu Tante Coras Haus sprachen wir kein Wort.

An dem Tag, als ich zum erstenmal ins Kloster gehen mußte, klammerte ich mich an Tante Cora, so wie man sich ans Leben klammern würde, wenn man es liebte. Schließlich wurde sie ungeduldig, und so zwang ich mich, sie loszulassen, zwang mich, durch den Korridor, die

Stufen hinab zur Straße zu gehen, und sie warteten auf
mich unter dem Sandbüchsenbaum; ich hatte es gewußt.
Sie waren zu zweit, ein Junge und ein Mädchen. Der
Junge war ungefähr vierzehn und groß und kräftig für
sein Alter, er hatte eine weiße Haut von stumpfem, häßli-
chem, mit Sommersprossen übersätem Weiß, Negerlip-
pen und kleine Augen wie grüne Glasstücke. Seine Augen
waren wie die von einem toten Fisch. Am schlimmsten,
am entsetzlichsten von allem war sein Haar; es war kraus,
das Haar eines Negers, aber leuchtend rot, und auch seine
Augenbrauen und Wimpern waren rot. Das Mädchen
war sehr schwarz und trug kein Kopftuch. Ihr Haar war
in Zöpfe geflochten, und ich konnte von dort, wo ich
stand, das ekelhafte Öl riechen, das sie darauf geschmiert
hatte – von den Stufen von Tante Coras dunklem, sauberem, freundlichem Haus herab starrte ich sie an. Sie sahen
so harmlos und ruhig aus, niemand hätte das Glitzern in
den Augen des Jungen bemerkt.

Dann grinste das Mädchen und begann, mit den Fin-
gerknöcheln zu knacken. Jedesmal, wenn es knackte,
zuckte ich zusammen, und meine Hände wurden feucht
vor Schweiß. Ich hielt ein paar Schulbücher in der rechten
Hand, und ich klemmte sie unter den Arm, doch es war
zu spät, auf meiner Handfläche war Farbe, und ein Fleck
auf dem Deckel des Buchs. Das Mädchen begann zu lachen, ganz ruhig, und in diesem Augenblick überkam
mich Haß, und mit dem Haß kam der Mut, so daß ich
vorbeigehen konnte, ohne sie anzusehen.

Ich wußte, daß sie mir folgten. Ich wußte auch, daß sie
nichts tun würden, solange ich in Sichtweite von Tante
Coras Haus war, mir nur in einiger Entfernung hinter-
herschlendern würden. Doch ich wußte, wann sie näher
kommen würden: dann, wenn ich den Hügel hinaufging.
Auf jeder Seite des Hügels gab es Mauern und Gärten,
und um diese Zeit am Morgen würde niemand da sein.

Auf halber Höhe holten sie mich ein und fingen an zu
reden. Das Mädchen sagte: »Sieh dir das verrückte Mäd-

38

chen an, bist verrückt wie deine Mutter. Deine Tante hat
Angst, weil sie dich im Haus hat. Schickt dich zu den
Nonnen, damit die dich einsperren. Deine Mutter läuft
rum ohne Schuh und Strümpfe, sie ist *sans culottes*. Hat
ihren Mann umbringen wollen, und dich hat sie auch
umbringen wollen, am Tag, wo du bei ihr gewesen bist.
Sie hat Zombie-Augen, und du hast auch Zombie-Augen.
Warum siehst du mich nich an?« Der Junge sagte nur:
»Eines Tages werd ich dich allein treffen, wart du nur,
eines Tages treff ich dich allein.« Als ich oben auf dem
Hügel war, rempelten sie mich an, und ich konnte das
Haar des Mädchens riechen.

Eine lange leere Straße zog sich bis zum Kloster hin,
zur Klostermauer und zu einem Holztor. Ich würde läuten müssen, bevor ich hinein konnte. Das Mädchen sagte:
»Willst mich nich ansehn, was? Dann mußt mich eben
ansehn.«

Sie gab mir einen Stoß, und meine Bücher fielen zu
Boden.

Ich bückte mich, um sie aufzuheben, und sah, daß ein
großer Junge, der auf der anderen Seite der Straße ging,
stehengeblieben war und zu uns herübersah. Dann kam
er über die Straße gerannt. Er hatte lange Beine, seine
Füße berührten kaum den Boden. Sowie sie ihn sahen,
machten sie kehrt und liefen weg. Verblüfft sah er ihnen
nach. Lieber wäre ich gestorben, als daß ich in ihrer Gegenwart gerannt wäre, aber sobald sie weg waren, rannte
ich. Ich ließ eins meiner Bücher auf dem Boden zurück,
und der große Junge lief mir nach.

»Du hast das da fallen lassen«, sagte er und lächelte. Ich
wußte, wer er war, er hieß Sandi, und er war Alexander
Cosways Sohn. Früher hätte ich gesagt »mein Cousin
Sandi«, aber seit Mr. Masons Belehrungen war ich meinen farbigen Verwandten gegenüber befangen. Ich murmelte: »Danke.«

»Ich werde mit dem Jungen da reden«, sagte er. »Er
wird dich nicht wieder belästigen.«

39

In der Ferne konnte ich das rote Haar meines Feindes sehen, während er die Straße entlangraste, doch er hatte keine Chance. Sandi holte ihn ein, bevor er um die Ecke gebogen war. Das Mädchen war verschwunden. Ich wartete nicht, um zu sehen, was passierte, ich zog wie verrückt an der Glocke.

Endlich ging die Tür auf. Die Nonne war eine Farbige, und sie schien ungehalten.

»Du brauchst nicht so zu läuten«, sagte sie. »Ich komm, so schnell ich kann.« Dann hörte ich, wie sich die Tür hinter mir schloß.

Ich brach zusammen und fing an zu weinen. Sie fragte mich, ob ich krank sei, doch ich konnte nicht antworten. Sie nahm mich bei der Hand, schnalzte dabei ärgerlich mit der Zunge und murmelte mißmutig vor sich hin. Sie führte mich über den Hof, vorbei am Schatten des großen Baumes, nicht zur Vordertür, sondern in einen großen, kühlen Raum mit Steinfliesen. Töpfe und Pfannen hingen an der Wand, und es gab einen Kamin aus Stein. Hinten im Raum war eine zweite Nonne, und als die Glocke wieder läutete, ging die erste hinaus, um aufzumachen. Die zweite Nonne, auch sie eine Farbige, brachte ein Becken mit Wasser und einen Schwamm, doch je länger sie mir das Gesicht abwischte, desto mehr weinte ich. Als sie meine Hand sah, fragte sie, ob ich hingefallen sei und mir weh getan hätte. Ich schüttelte den Kopf, und behutsam wusch sie den Fleck ab. »Was ist los mit dir, warum weinst du? Was ist mit dir passiert?« Und noch immer konnte ich nicht antworten. Sie brachte mir ein Glas Milch, ich versuchte zu trinken, doch ich verschluckte mich. »Oh, là là«, sagte sie, zuckte die Schultern und ging hinaus.

Als sie wieder hereinkam, begleitete sie eine dritte Nonne, die mit ruhiger Stimme sagte: »Du hast jetzt wirklich genug geweint, du mußt aufhören. Hast du ein Taschentuch?«

Mir fiel ein, daß ich es hatte fallen lassen. Die neue

Nonne trocknete mir die Augen mit einem großen Taschentuch, gab es mir und fragte nach meinem Namen.

»Antoinette«, sagte ich.

»Natürlich«, sagte sie. »Ich weiß. Du bist Antoinette Cosway, das heißt Antoinette Mason. Hat dich jemand erschreckt?«

»Ja.«

»Sieh mich mal an«, sagte sie. »Vor mir wirst du doch keine Angst haben.«

Ich sah sie an. Sie hatte große braune, sehr sanfte Augen und war weiß gekleidet, trug keine gestärkte Schürze wie die anderen. Die Binde um ihr Gesicht war aus Leinen, und über dem weißen Leinen war ein schwarzer Schleier aus irgendeinem dünnen Stoff, der in Falten über ihren Rücken fiel. Ihre Wangen waren rot, ihr Gesicht war fröhlich, und sie hatte zwei tiefe Grübchen. Ihre Hände waren klein, doch sie wirkten plump und geschwollen, nicht wie alles übrige an ihr. Erst später merkte ich, daß sie vom Rheuma verkrüppelt waren. Sie nahm mich mit in ein streng möbliertes Empfangszimmer, in dem Stühle mit geraden Lehnen standen, und in der Mitte war ein polierter Tisch. Nachdem sie mir gut zugeredet hatte, sagte ich ihr, weshalb ich weinte und daß ich nicht gern allein zur Schule ging; aber ich sagte nicht alles.

»Darum kümmere ich mich«, sagte sie. »Ich werde deiner Tante schreiben. Schwester St. Justine erwartet dich jetzt. Ich habe nach einem Mädchen geschickt, das seit fast einem Jahr bei uns ist. Sie heißt Louise – Louise de Plana. Wenn du dir hier fremd vorkommst, wird sie dir alles erklären.«

Louise und ich gingen einen gepflasterten Weg entlang zum Klassenzimmer. Zu beiden Seiten des Weges waren Gras und Bäume und Schatten von Bäumen und manchmal ein leuchtender Blütenstrauch. Louise war sehr hübsch, und wenn sie mir zulächelte, konnte ich kaum glauben, daß ich jemals unglücklich gewesen war. Sie sagte: »Wir nennen Schwester St. Justine immer Schwester

41

›Just ist's hin‹. Sie ist nicht sehr klug, die Arme. Du wirst schon noch sehen.«

Schnell, solange ich es noch kann, muß ich mich an das stickige Klassenzimmer erinnern. An das stickige Klassenzimmer, die Pulte aus Kiefernholz, an die Hitze, die von der Bank hochstieg und durch Körper, Arme und Beine kroch. Doch draußen konnte ich kühlen blauen Schatten auf einer weißen Mauer sehen. Meine Nadel ist klebrig und quietscht bei jedem Stich durch das Leinen. »Meine Nadel schimpft«, flüstere ich Louise zu, die neben mir sitzt. Wir sticken mit Kreuzstich seidene Rosen auf einen blassen Grund. Wir können uns für die Rosen die Farben selber aussuchen, und meine sind grün, blau und purpurrot. Darunter werde ich in feuerroter Farbe meinen Namen schreiben: Antoinette Mason, née Cosway, Mount-Calvary-Convent, Spanish Town, Jamaika 1839.

Während wir arbeiten, liest uns Schwester St. Justine Geschichten aus dem Leben der Heiligen vor – der heiligen Rosa, der heiligen Barbara, der heiligen Agnes. Aber wir haben unsere eigene Heilige, das Skelett eines Mädchens von vierzehn Jahren unter dem Altar der Klosterkapelle. Die Reliquien. Aber wie haben die Nonnen sie hierhergebracht, frage ich mich? In einem Kabinenkoffer? Besonders verpackt für den Laderaum? Wie? Jedenfalls ist sie hier, und sie heißt St. Innozenzia. Wir kennen ihre Geschichte nicht, sie steht nicht im Buch. Die Heiligen, von denen wir hören, waren alle sehr schön und reich. Alle wurden sie geliebt von schönen und vornehmen jungen Männern.

»... lieblicher und prächtiger angetan, als er sie je zu ihren Lebzeiten gesehen hatte«, liest Schwester St. Justine mit eintöniger Stimme vor. »Sie lächelte und sagte: ›Hier, Theophilus, ist eine Rose aus dem Garten meines Bräutigams, an den du nicht geglaubt hast.‹ Die Rose, die er beim Erwachen neben sich fand, ist nie verwelkt. Es gibt sie immer noch.« (Ach, aber wo? Wo?) »Und Theophilus wurde zum Christentum bekehrt«, sagt Schwester St. Justine und liest jetzt sehr rasch, »und wurde einer der heiligen Märtyrer.« Sie klappt das Buch zu und erklärt uns, daß wir die Nagelhaut zurückschieben sollen, wenn wir uns die Hände waschen. Sauberkeit, gutes Benehmen und Milde gegenüber den Armen Gottes. Eine Flut von Wörtern. (»Das ist das Alter«, sagt Hélène de Plana, »sie kann nichts dafür, die arme alte Justine.«) »Wenn ihr die Elenden oder die Unglücklichen beleidigt oder kränkt, so beleidigt ihr Christus selbst, und Er wird es euch nicht vergessen, denn sie sind Seine Auserwählten.« Diese Bemerkung macht sie beiläufig und obenhin, und sie geht über zum Thema Ordnung und Keuschheit, diesem makellosen Kristall, der, einmal zerbrochen, niemals wieder heil gemacht werden kann. Dann spricht sie vom guten Benehmen. Wie alle anderen ist auch sie dem Zauber der Schwestern de Plana verfallen und hält sie der Klasse als Beispiel vor. Ich bewundere sie. Sie sitzen so gelassen und unerschütterlich da, während Schwester St. Justine uns darauf aufmerksam macht, wie vollendet Miss Hélènes Haartracht ist, obwohl sie keinen Spiegel benutzt.

»Bitte, Hélène, zeig mir, wie du dein Haar frisierst, weil ich meines auch so tragen will wie du, wenn ich groß bin.«

»Es ist ganz leicht. Du kämmst es nach oben, so, und dann schiebst du es ein bißchen nach vorn, so, und dann steckst du es hier und hier fest. Nimm nie zu viele Nadeln.«

»Ja, aber mein Haar sieht nie so aus wie deines, Hélène, was ich auch tu.«

Ihre Wimpern flatterten, sie wandte sich ab, zu höflich, um auszusprechen, was offenkundig war. Wir hatten keinen Spiegel im Schlafsaal, und einmal sah ich die neue junge Nonne aus Irland, wie sie sich in einem Wasserbottich betrachtete und lächelte, um zu sehen, ob ihre Grübchen noch da waren. Als sie mich bemerkte, errötete sie, und ich dachte, nun wird sie mich nie leiden können.

43

Manchmal war es Miss Hélènes Haar, manchmal Miss Germaines untadeliges Betragen, manchmal die Sorgfalt, mit der Miss Louise ihre schönen Zähne pflegte. Und wie wir nie neidisch waren, schienen sie nie eitel. Hélène und Germaine waren ein wenig hochmütig, vielleicht nur reserviert, doch Louise war nicht einmal das. Das alles berührte sie nicht – als wüßte sie, daß sie für andere Dinge geboren war. Hélènes braune Augen konnten blitzen, Germaines graue Augen waren schön, sanft, wie die Augen einer Kuh, sie sprach langsam und war im Unterschied zu den meisten Kreolinnen sehr ausgeglichen. Man konnte sich leicht vorstellen, was aus diesen beiden werden würde, von unvorhergesehenen Zufällen abgesehen. Ach, aber Louise! Ihre schmale Taille, ihre dünnen braunen Hände, ihre schwarzen Locken, die nach Vetiver dufteten, ihre hohe, süße Stimme, die bei der Messe so sorglos vom Tod sang. Wie ein Vogel singen würde. Alles mögliche kann dir zugestoßen sein, Louise, alles nur Denkbare, und es würde mich nicht überraschen.

Dann gab es noch eine Heilige, sagte Schwester St. Justine, sie lebte in einer späteren Zeit, aber auch in Italien, oder war es Spanien. Italien, das sind weiße Pfeiler und grünes Wasser. Spanien ist heiße Sonne auf Steinen, Frankreich ist eine Dame mit schwarzem Haar und in weißem Kleid, denn Louise war vor fünfzehn Jahren in Frankreich geboren, und meine Mutter, die ich vergessen und für die ich beten muß, als wäre sie tot, obwohl sie noch lebt, kleidete sich gern in Weiß.

Niemand sprach mehr von ihr, seit Christophine uns verlassen hatte und bei ihrem Sohn lebte. Selten sah ich meinen Stiefvater. Er schien Jamaika nicht zu mögen, besonders Spanish Town nicht, und oft blieb er monatelang weg.

An einem heißen Nachmittag im Juli sagte mir meine Tante, daß sie für ein Jahr nach England gehen werde. Sie war nicht ganz gesund, und sie brauchte Luftveränderung. Während sie redete, arbeitete sie an einem bunten

Bettüberwurf. Die rautenförmigen Seidenstücke verschmolzen ineinander, das Rot, das Blau, das Purpurrot, das Grün, das Gelb, alles war eine einzige schimmernde Farbe. Stunden um Stunden hatte sie daran gearbeitet, und der Überwurf war fast fertig. Ob ich mich einsam fühlen würde, fragte sie, und ich sagte »nein« und sah dabei die Farben an. Stunden um Stunden um Stunden, dachte ich.

Dieses Kloster war mein Zufluchtsort, ein Ort des Sonnenscheins und des Todes, wo ganz früh am Morgen eine hölzerne Klapper uns neun Mädchen weckte. Wenn wir aufwachten, sahen wir Schwester Marie Augustine kerzengerade auf einem Holzstuhl sitzen, gelassen und akkurat. Der lange, braungestrichene Schlafsaal war voll von goldenem Sonnenlicht und den Schatten von Bäumen, die sich ruhig bewegten. Sehr schnell lernte ich sagen, so wie die anderen: »Ich opfere dir alle Gebete, alle Taten und alles, was ich erduldet an diesem Tage.« Aber was ist mit dem Glück, dachte ich zuerst, gibt es denn kein Glück? Es muß eins geben. Ach, das Glück natürlich, das Glück – nun ja.

Doch bald dachte ich nicht mehr an das Glück, wenn ich die Treppe hinunterlief zu dem großen steinernen Becken, wo wir herumplanschten, in langen grauen Baumwollhemden, die uns bis zu den Knöcheln reichten. Der Geruch der Seife, während man sich vorsichtig unter dem Hemd einseifte, eine Kunst, die man lernen mußte, so wie man die Kunst lernen mußte, sich sittsam zu kleiden. Große Flecken von Sonnenlicht, wenn wir die hölzernen Stufen zum Speisesaal hinaufrannten. Heißer Kaffee und Brötchen und schmelzende Butter. Doch nach dem Frühstück, jetzt und in der Stunde unseres Todes, und mittags und um sechs Uhr abends, jetzt und in der Stunde unseres Todes. Und das ewige Licht leuchte ihnen. Das ist für meine Mutter, dachte ich dann immer, wo auch ihre Seele umherwandern mag, denn sie hat ih-

45

ren Leib verlassen. Dann erinnerte ich mich daran, wie sie starkes Licht gehaßt und die Kühle und den Schatten geliebt hatte. Das ist ein anderes Licht, sagten sie mir. Trotzdem wollte ich den Satz nicht sagen. Bald waren wir wieder draußen unter den flimmernden Schatten, die schöner waren, als irgendein ewiges Licht je sein konnte, und bald lernte ich, ohne nachzudenken vor mich hin zu plappern, wie es die anderen taten. Daß wir uns nun wandeln müssen, jetzt und in der Stunde unseres Todes, denn das ist alles, was wir haben.

Alles war Helligkeit oder Dunkel. Die Mauern, die flammenden Farben der Blumen im Garten, die Gewänder der Nonnen waren hell, doch ihre Schleier, das Kruzifix, das vom Gürtel hing, die Schatten der Bäume waren schwarz. Und so war es, licht und dunkel, Sonne und Schatten, Himmel und Hölle, denn eine der Nonnen wußte alles über die Hölle, und wer wüßte es nicht? Doch eine andere wußte alles über den Himmel und die Eigenschaften der Heiligen, deren geringste übernatürliche Schönheit ist. Die allergeringste. Ich konnte all diese Ekstase kaum erwarten, und einmal betete ich lange um einen baldigen Tod. Dann fiel mir ein, daß dies Sünde war. Es ist Hochmut oder Verzweiflung, ich weiß nicht mehr, was von beidem, aber auf jeden Fall eine Todsünde. So betete ich auch deswegen lange, doch dann kam mir der Gedanke, so viele Dinge sind Sünde, warum? Und wieder war's Sünde, dies zu denken. Zum Glück sagt Schwester Marie Augustine, daß Gedanken keine Sünde sind, wenn man sie auf der Stelle verscheucht. Du sagst einfach: Herr, errette mich, ich verderbe. Ich finde es sehr tröstlich, genau zu wissen, was man tun muß. Dennoch betete ich danach nicht mehr so oft, und bald fast gar nicht mehr. Ich fühlte mich mutiger, glücklicher, freier. Doch nicht mehr so sicher.

Während dieser Zeit, fast achtzehn Monate lang, besuchte mich mein Stiefvater oft. Zuerst sprach er mit der Mutter Oberin, dann ging ich fertig angezogen ins Besuchszimmer, und er nahm mich mit zu einem Abendessen oder zu einem Besuch bei Freunden. Beim Abschied machte er mir Geschenke, Süßigkeiten, ein Medaillon, einen Armreif, einmal ein sehr hübsches Kleid, das ich natürlich nicht tragen konnte.

Als er das letzte Mal kam, war es anders. Ich wußte es, sowie ich den Raum betrat. Er gab mir einen Kuß, hielt mich auf Armeslänge von sich entfernt und sah mich dabei sorgfältig prüfend an; dann lächelte er und sagte, ich sei größer, als er gedacht habe. Ich erinnerte ihn daran, daß ich schon über siebzehn war, eine erwachsene Frau. »Ich habe dein Geschenk nicht vergessen«, sagte er.

Da ich mich verlegen und befangen fühlte, antwortete ich kühl: »Ich kann von all dem nichts tragen, was du für mich kaufst.«

»Du kannst tragen, was du willst, wenn du bei mir lebst«, sagte er.

»Wo? Auf Trinidad?«

»Natürlich nicht. Hier, wenigstens vorläufig. Bei mir und deiner Tante Cora, die endlich heimkommt. Sie sagt, noch ein englischer Winter bringt sie um. Und mit Richard. Du kannst nicht dein Leben lang eingesperrt bleiben.«

Warum nicht? dachte ich.

Wahrscheinlich merkte er mir meine Betroffenheit an, denn er begann, mich zu necken, mir Komplimente zu machen und mir so verrückte Fragen zu stellen, daß bald auch ich lachte. Wie es mir gefallen würde, in England zu leben? Dann, bevor ich antworten konnte, ob ich tanzen gelernt hätte oder ob die Nonnen zu streng seien?

»Sie sind überhaupt nicht streng«, sagte ich. »Der Bischof, der jedes Jahr einmal herkommt, sagt, sie sind nachlässig. Sehr nachlässig. Es ist das Klima, sagt er.«

»Hoffentlich haben sie ihm gesagt, er soll sich um seine eigenen Angelegenheiten kümmern.«

»Sie hat's ihm gesagt. Die Mutter Oberin. Ein paar

von den andern sind erschrocken. Sie sind nicht streng, trotzdem hat mich niemand tanzen gelehrt.«

»*Das* wird nicht weiter schwierig sein. Ich will, daß du glücklich bist, Antoinette, daß du gut aufgehoben bist, ich habe versucht, alles zu arrangieren, aber wir haben Zeit, wir können später darüber reden.«

Als wir durch das Klostertor hinausgingen, sagte er beiläufig: »Ich habe ein paar englische Freunde eingeladen, den nächsten Winter hier zu verbringen. Du wirst keine Langeweile haben.«

»Glaubst du, daß sie kommen?« fragte ich zweifelnd.

»Einer von ihnen. Das weiß ich bestimmt.«

Vielleicht war es die Art, wie er lächelte, doch wieder benahm mir ein Gefühl der Angst, der Trauer, des Verlustes fast den Atem. Diesmal ließ ich es mir nicht anmerken.

Es war wie an jenem Morgen, als ich das tote Pferd fand. Sag nichts, dann ist es vielleicht nicht wahr.

Aber im Kloster wußten es alle. Die Mädchen waren sehr neugierig, doch ich antwortete nicht auf ihre Fragen, und zum erstenmal irritierten mich die fröhlichen Gesichter der Nonnen.

Sie sind in Sicherheit. Wie können sie wissen, wie es *draußen* sein kann?

Da hatte ich zum zweitenmal meinen Traum.

Wieder habe ich das Haus in Coulibri verlassen. Es ist noch Nacht, und ich gehe dem Wald zu. Ich trage ein langes Kleid und ganz leichte Schuhe, und so habe ich Mühe, hinter dem Mann herzugehen, der bei mir ist, und ich raffe das Kleid. Es ist weiß und schön, und ich will nicht, daß es schmutzig wird. Ich gehe hinter ihm her, krank vor Furcht, doch ich mache keinen Versuch, mich zu retten; wollte mich irgend jemand retten, so würde ich ablehnen. Dies muß seinen Lauf nehmen. Jetzt haben wir den Wald erreicht. Wir sind unter den hohen finsteren Bäumen, und es geht kein Wind. »Hier?« Er wendet sich um und sieht mich an, sein Gesicht dunkel vor Haß, und als ich sein Gesicht sehe, beginne ich zu weinen. Er lächelt verschlagen. »Nicht hier, noch nicht«, sagt er, und ich folge ihm weinend. Nun versuche ich nicht mehr, mein Kleid zu raffen, es schleift im Schmutz, mein schönes Kleid. Wir sind nicht mehr im Wald, sondern in einem Garten, der von einer Mauer umgeben ist, und die Bäume sind andere Bäume. Ich kenne sie nicht. Stufen führen nach oben. Es ist zu dunkel, als daß man die Mauer oder die Stufen sehen könnte, aber ich weiß, daß sie da sind, und ich denke: Es wird geschehen, wenn ich die Stufen hinaufgehe. Am Ende der Treppe. Ich stolpere über den Saum meines Kleides und kann nicht aufstehen. Ich berühre einen Baum, und meine Arme halten sich daran fest. »Hier, hier.« Doch ich denke, jetzt gehe ich nicht mehr weiter. Der Baum schwankt und bewegt sich heftig, so, als versuchte er, mich abzuschütteln. Dennoch klammere ich mich daran, und die Sekunden vergehen, und jede dauert tausend Jahre. »Hier, hier herein«, sagte eine fremde Stimme, und der Baum hörte auf zu schwanken und sich zu bewegen.

Jetzt führt mich Schwester Marie Augustine aus dem Schlafsaal, fragt mich, ob ich krank sei, sagt mir, daß ich die andern nicht stören darf, und obwohl ich immer noch zittere, frage ich mich, ob sie mich hinter die geheimnisvollen Vorhänge mitnehmen wird zu dem Platz, wo sie schläft. Doch nein. Sie setzt mich auf einen Stuhl, verschwindet und kommt nach einer Weile zurück mit einer Tasse heißer Schokolade.

Ich sagte: »Mir träumte, ich war in der Hölle.«

»Das ist ein schlimmer Traum. Vergiß ihn – denk nie mehr daran«, und sie rieb meine kalten Hände.

Sie sieht aus wie sonst auch, gelassen und ordentlich, und ich möchte sie fragen, ob sie vor Tagesanbruch aufsteht oder ob sie überhaupt nicht im Bett gewesen ist.

»Trink deine Schokolade.«

Während ich trinke, erinnere ich mich, daß wir nach

der Beerdigung meiner Mutter ganz früh am Morgen heimgingen, beinahe so früh wie jetzt, und Schokolade tranken und Kuchen aßen. Sie starb letztes Jahr, niemand sagte mir, wie, und ich fragte nicht danach. Mr. Mason war da und Christophine, sonst niemand. Christophine weinte bitterlich, doch ich konnte nicht weinen. Ich betete, doch die Worte fielen zu Boden, bedeuteten nichts.

Jetzt vermischt sich der Gedanke an sie mit meinem Traum.

Ich sah sie in ihrem geflickten Reitkleid auf einem geliehenen Pferd, wie sie zu winken versuchte, am Ende der gepflasterten Straße in Coulibri, und wieder traten mir Tränen in die Augen. »Es geschehen so schreckliche Dinge«, sagte ich. »Warum? Warum?«

»Du mußt dich nicht von dem Geheimnis beunruhigen lassen«, sagte Schwester Marie Augustine. »Wir wissen nicht, warum Gott den Teufel machen läßt. Noch nicht.«

Sie lächelte nie soviel wie die andern, nun lächelte sie überhaupt nicht. Sie sah traurig aus.

Sie sagte, als spräche sie mit sich selbst: »Nun geh leise wieder ins Bett. Denk an ruhige, friedliche Dinge und versuche zu schlafen. Bald werde ich das Zeichen zum Aufstehen geben. Bald wird es Morgen sein.«

Zweiter Teil

So war denn alles vorüber, Vorstoß und Rückzug, Zweifel und Zögern. Alles vorbei, was immer geschehen mochte, in Freud und Leid. Da waren wir nun, suchten Schutz vor dem starken Regen unter einem großen Mangobaum, ich, meine Frau Antoinette und ein kleines Dienstmädchen, ein Mischling namens Amélie. Unter einem Baum in der Nähe konnte ich unser mit Sackleinwand bedecktes Gepäck sehen, die beiden Träger und einen Jungen, der frische Pferde am Zügel hielt, die wir gemietet hatten und die uns zweitausend Fuß hinauf zu dem Flitterwochen-Haus tragen sollten, das uns erwartete.

Heute morgen sagte Amélie, das Mädchen: »Ich hoff, du bist sehr glücklich, Sir, in dein fein Flitterwochen-Haus.« Sie lachte über mich, das konnte ich sehen. Ein reizendes kleines Geschöpf, doch verschlagen, boshaft, heimtückisch vielleicht, wie vieles andere in diesem Land.

»Es ist nur ein kleiner Schauer«, sagte Antoinette fürsorglich. »Es wird bald aufhören.«

Ich sah zu den traurigen, gekrümmten Kokospalmen hinüber, den Fischerbooten, die man den mit Kieseln bedeckten Strand hinaufgezogen hatte, zu der unregelmäßigen Reihe weißgetünchter Hütten, und fragte nach dem Namen des Dorfes.

»Massaker.«

»Und wer wurde hier massakriert? Sklaven?«

»O nein.« Sie wirkte schockiert. »Nicht Sklaven. Vor langer Zeit muß hier etwas passiert sein. Niemand erinnert sich heute mehr.«

Der Regen fiel stärker, dicke Tropfen dröhnten wie Hagel auf den Blättern der Bäume, und das Meer kroch verstohlen vor und wieder zurück.

Dies also ist Massaker. Nicht das Ende der Welt, nur die letzte Station unserer endlosen Reise von Jamaika hierher, der Beginn unserer feinen Flitterwochen. Und bei Sonne wird alles ganz anders aussehen.

Es war so geplant worden, daß wir Spanish Town unmittelbar nach der Hochzeitsfeier verlassen und einige Wochen auf einer der *Inseln vor dem Winde* verbringen sollten, auf einem kleinen Anwesen, das Antoinettes Mutter gehört hatte. Ich war einverstanden. So, wie ich mit allem anderen einverstanden gewesen war.

Die Fenster der Hütten waren geschlossen, die Türen führten in eine Welt des Schweigens und der Dunkelheit. Dann kamen drei kleine Buben und gafften. Der kleinste trug nichts außer einem Heiligenmedaillon um den Hals und die Krempe eines breitrandigen Fischerhuts. Als ich ihn anlächelte, begann er zu weinen. Eine Frau rief von einer der Hütten her, und er rannte weg, immer noch heulend.

Die beiden anderen folgten ihm langsam und sahen sich einige Male um.

Als sei dies ein Signal, erschien eine weitere Frau unter ihrer Tür, dann eine dritte.

»Das ist Caro«, sagte Antoinette. »Ich bin sicher, es ist Caro. Caroline«, rief sie und winkte, und die Frau winkte zurück. Eine aufgeputzte Alte in einem bunten, geblümten Kleid, mit gestreiftem Kopftuch und goldenen Ohrringen.

»Du wirst naß werden bis auf die Haut, Antoinette«, sagte ich.

»Nein, der Regen hört auf.« Sie raffte den Saum ihres Reitkleides und rannte über die Straße. Ich beobachtete sie kritisch. Sie trug einen Dreispitz, der ihr gut stand. Wenigstens überschattete er ihre Augen, die zu groß sind und einen beunruhigen können. Sie blinzelt überhaupt nie, wie mir scheint. Längliche, traurige, dunkle, fremde Augen. *Sie* mag wohl Kreolin von rein englischer Abstammung sein, doch ihre Augen sind weder englisch noch europäisch. Und wann begann ich, das alles an meiner Frau Antoinette zu bemerken? Vermutlich, nachdem wir Spanish Town verlassen hatten. Oder hatte ich es vorher bemerkt und nur nicht wahrhaben wollen? Nicht, daß ich viel Zeit gehabt hätte, irgend etwas zu merken. Ich heiratete einen Monat, nachdem ich in Jamaika angekommen war, und in dieser Zeit lag ich fast drei Wochen mit Fieber im Bett.

Die beiden Frauen standen auf der Schwelle der Hütte und gestikulierten; sie sprachen nicht englisch, sondern das verballhornte französische Patois, das hier auf der Insel gesprochen wird. Der Regen begann meinen Nakken hinunterzutropfen, und das verstärkte mein Gefühl des Unbehagens und der Melancholie.

Ich dachte an den Brief, den ich vor einer Woche hätte nach England schreiben sollen. Lieber Vater ...

»Caroline fragt, ob du in ihrem Haus unterstehen willst.«

Antoinette sprach zögernd, als erwartete sie, daß ich nein sagen würde, und so konnte ich es leicht tun.

»Aber du wirst naß«, sagte sie.

»Das macht nichts.« Ich lächelte Caroline an und schüttelte den Kopf.

»Sie ist bestimmt sehr enttäuscht«, sagte meine Frau, lief wieder über die Straße hinüber und ging in die dunkle Hütte hinein.

Amélie, die mit dem Rücken zu uns gesessen hatte, wandte sich um. Ihre Miene war so voller entzückter Bosheit, so intelligent, vor allem so vertraulich, daß ich mich beschämt fühlte und wegblickte.

Nun ja, dachte ich. Ich war krank. Ich bin noch nicht wieder der alte.

Der Regen hatte nachgelassen, und ich ging hinüber, um mich mit den Trägern zu unterhalten. Der erste stammte nicht von der Insel. »Hier ist's wild – nich zivilisiert. Warum kommst du her?« Man nenne ihn den Jungen Bullen, erzählte er mir, und er sei siebenundzwanzig Jahre alt. Ein prachtvoller Körper und ein törichtes, eingebildetes Gesicht. Der andere hieß Emile, ja, er war in dem Dorf geboren, er lebte hier.

»Frag ihn, wie alt er ist«, schlug der Junge Bulle vor.

Mit fragender Stimme sagte Emile: »Vierzehn? Ja, ich hab vierzehn Jahr, Master.«

»Unmöglich«, sagte ich. Ich konnte die grauen Haare in seinem schütteren Bart sehen.

»Sechsundfünfzig Jahr vielleicht.« Er schien es recht machen zu wollen.

Der Junge Bulle lachte laut. »Weiß nich, wie alt er ist, denkt sich nichts dabei. Ich sag dir, Sir, die hier sind nich zivlisiert.«

Emile murmelte: »Meine Mutter weiß, aber sie ist tot.« Dann zog er einen blauen Lumpen hervor, faltete ihn zu einer Art Wulst und legte ihn sich auf den Kopf.

Fast alle Frauen standen vor ihrer Tür und sahen uns an, doch ohne zu lächeln. Düstere Menschen an einem düsteren Ort. Einige von den Männern gingen zu ihren Booten. Als Emile rief, kamen zwei von ihnen auf ihn zu. Er sang mit tiefer Stimme. Sie antworteten, dann hoben sie den schweren Weidenkorb hoch und schwangen ihn, singend, auf seinen Kopf. Er prüfte das Gleichgewicht mit einer Hand und schritt aus, barfuß auf den spitzen Steinen, bei weitem das fröhlichste Mitglied der Hochzeitsgesellschaft. Während der Junge Bulle beladen wurde, blickte er mich von der Seite her prahlerisch an, und auf englisch sang auch er sich etwas vor.

Der Junge führte die Pferde zu einem großen Stein, und ich sah Antoinette von der Hütte her kommen. Die Sonne flammte auf, und Dampf stieg aus dem Grün hinter uns. Amélie zog ihre Schuhe aus, band sie zusammen und hängte sie sich um den Hals. Sie balancierte ihren kleinen Korb auf dem Kopf und machte sich so schwungvoll und leichtfüßig auf den Weg wie die Träger. Wir bestiegen die Pferde, bogen um eine Kurve, und das Dorf war außer Sicht. Ein Hahn krähte laut, und ich erinnerte mich an die Nacht zuvor, die wir in der Stadt verbracht hatten. Antoinette hatte ein Zimmer für sich, sie war erschöpft. Ich lag wach und hörte die ganze Nacht das Krähen der Hähne, stand dann sehr früh auf und sah die Frauen, die mit weißen Tüchern bedeckte Tabletts auf dem Kopf trugen und damit in die Küche gingen. Die Frau, die die heißen kleinen Brotlaibe verkaufte, die Frau mit den Kuchen, die Frau mit Süßigkeiten. Auf der Straße rief eine andere Frau »bon sirop, bon sirop«, und ich verspürte ein Gefühl von Frieden.

Die Straße stieg steil an. Auf der einen Seite die Wand aus Grün, auf der anderen Seite eine tiefe Schlucht. Wir hielten an und blickten auf die Hügel, die Berge und das blaugrüne Meer. Es wehte ein sanfter warmer Wind, doch ich verstand, warum der Träger von einer wilden Gegend gesprochen hatte. Nicht nur wild, sondern bedrohlich. Diese Hügel würden einen einkreisen.

»Was für ein unglaubliches Grün«, war alles, was ich sagen konnte, und da mir Emile einfiel, wie er die Fischer gerufen hatte, und der Klang seiner Stimme, fragte ich nach ihm.

»Sie gehen Abkürzungswege. Sie kommen lange vor uns in Granbois an.«

Alles ist zuviel, dachte ich, während ich erschöpft hinter ihr her ritt. Zuviel Blau, zuviel Purpurrot, zuviel Grün. Die Blumen zu rot, die Berge zu hoch, die Hügel zu nah. Und die Frau ist eine Fremde. Ihr flehender Gesichtsausdruck irritiert mich. Nicht ich habe sie gekauft, sie hat mich gekauft, oder sie glaubt es jedenfalls. Ich sah auf die struppige Mähne des Pferdes hinab ... Lieber Vater. Die dreißigtausend Pfund wurden mir bezahlt, ohne Fragen oder Bedingungen. Für sie wurde nicht vorgesorgt (darum muß man sich noch kümmern). Ich habe nun ein bescheidenes Auskommen. Nie werde ich dir oder meinem lieben Bruder, dem Sohn, den du liebst, Schande machen. Keine Bittbriefe, keine schäbigen Forderungen. Keiner der verstohlenen, windigen Schachzüge eines jüngeren Sohnes. Ich habe meine Seele verkauft, oder du hast sie verkauft, und ist es denn schließlich ein so schlechter Tausch? Das Mädchen gilt als schön, sie ist schön. Und trotzdem ...

Unterdessen trotteten die Pferde auf einer schlechten Straße dahin. Es wurde kühler. Ein Vogel pfiff – ein langer, trauriger Ton. »Was ist das für ein Vogel?« Sie war zu weit voraus und hörte mich nicht. Der Vogel pfiff wieder. Ein Bergvogel. Durchdringend und süß. Ein sehr einsamer Ton.

Sie hielt an und rief: »Zieh deinen Mantel jetzt an.« Ich tat es und merkte, daß mir nicht mehr angenehm kühl war, sondern daß ich fror in meinem schweißnassen Hemd.

Wir ritten weiter, stumm, in der schrägen Nachmittagssonne, die Wand von Bäumen auf der einen Seite, auf der andern ein Abhang. Das Meer war jetzt blau, tief und dunkel.

Wir kamen an einen kleinen Fluß. »Das ist die Grenze von Granbois.« Sie lächelte mich an. Zum erstenmal sah ich sie ganz einfach und natürlich lächeln. Oder vielleicht fühlte ich mich zum erstenmal in ihrer Gegenwart einfach und natürlich. Ein Bambusrohr ragte aus dem Felsen, das Wasser, das daraus hervorströmte, war silbrig blau. Rasch stieg sie ab, pflückte ein großes, kleeblattförmiges Blatt, machte eine Tasse daraus und trank. Dann pflückte sie noch ein Blatt, faltete es und brachte es mir. »Koste. Das ist Gebirgswasser.« Wie sie so lächelnd hochsah, hätte sie irgendein hübsches englisches Mädchen sein können, und ihr zu Gefallen trank ich. Das Wasser war kalt, klar und süß, und die Farbe hob sich schön ab von dem fleischigen grünen Blatt.

Sie sagte: »Von hier aus geht es hinunter und dann noch mal hinauf. Dann sind wir da.«

Als sie das nächste Mal sprach, sagte sie: »Die Erde ist rot hier, hast du bemerkt?«

»Sie ist auch in manchen Gegenden von England rot.«

»Ach, England, England«, rief sie spöttisch zurück, und der Klang tönte fort und fort, wie eine Warnung, die ich lieber nicht hören wollte.

Dann war der Weg gepflastert, und wir hielten vor einer Flucht von Steintreppen an. Zur Linken stand eine große Pinie und zur Rechten ein Haus, das wie die Imitation eines englischen Sommerhauses aussah – vier Holzpfosten und ein Strohdach. Sie stieg ab und rannte die Treppe hoch. Oben ein ungepflegter, struppiger Rasen und am Ende des Rasens ein schäbiges weißes Haus. »Jetzt bist du in Granbois.« Ich sah zu den Bergen, die purpurn vor einem tiefblauen Himmel standen.

Das Haus auf seinen Holzpfählen schien den Wald dahinter zu meiden und sich angespannt zum fernen Meer hin zu recken. Es war eher ungefüge als häßlich, wirkte ein wenig traurig, als wüßte es, daß es nicht überdauern würde. Eine Gruppe von Negern stand am Fuß der Verandastufen. Antoinette rannte über den Rasen, und als ich ihr folgte, stieß ich mit einem Jungen zusammen, der mir entgegenkam. Er rollte die Augen, sah verängstigt aus und lief weiter, ohne ein Wort der Entschuldigung, auf die Pferde zu. Die Stimme eines Mannes sagte: »Beeilt euch jetzt, beeilt euch. Paßt gut auf.« Sie waren zu viert. Eine Frau, ein Mädchen und ein großer, würdevoll aussehender Mann standen beieinander. Antoinette hatte ihre Arme um eine andere Frau gelegt. »Der Junge, der dich fast umgerannt hätte, war Bertrand. Das sind Rose und Hilda. Das ist Baptiste.«

Die Dienstboten grinsten verlegen, als sie ihre Namen nannte.

»Und das ist Christophine. Sie ist meine *da* gewesen, meine Kinderfrau, vor langer Zeit.«

Baptiste sagte, daß dies ein glücklicher Tag sei und daß wir schönes Wetter mitgebracht hätten. Er sprach gutes Englisch, doch mitten in seiner Begrüßungsansprache begann Hilda zu kichern. Sie war ein kleines Mädchen von ungefähr zwölf oder vierzehn Jahren und trug ein ärmelloses weißes Kleid, das ihr gerade bis zu den Knien reichte. Das Kleid war makellos, doch mit dem unbedeckten Haar sah sie aus wie eine kleine Wilde, obwohl es geölt und in viele kleine Zöpfe geflochten war. Baptiste sah sie mißbilligend an, und sie kicherte noch lauter, hielt dann die Hand vor den Mund und ging die Holztreppe rauf ins Haus. Ich konnte hören, wie ihre nackten Füße die Veranda entlangliefen.

»Doudou, ché cocotte«, sagte die ältere Frau zu Antoinette. Ich sah sie genauer an, doch sie wirkte unbedeutend. Sie war schwärzer als die meisten, und ihre Kleider, selbst das Tuch um ihren Kopf, hatten gedämpfte Farben. Sie sah mich unverwandt an. Sie mag mich nicht, dachte ich. Wir starrten einander eine ganze Weile an. Ich sah als zuerst weg, und sie lächelte vor sich hin, schubste Antoinette ein wenig vorwärts und verschwand in den Schatten hinter dem Haus. Die anderen Dienstboten waren schon weggegangen.

Ich stand auf der Veranda und sog die milde Luft ein. Nelken konnte ich riechen und Zimt, Rosen und Orangenblüten. Und eine betäubende Frische, als hätte niemand zuvor alle diese Gerüche eingeatmet. Als Antoinette sagte: »Komm, ich zeige dir das Haus«, ging ich unwillig mit ihr, denn alles übrige wirkte vernachlässigt und öde. Sie führte mich in einen großen, ungetünchten Raum. Dort standen ein kleines, schäbiges Sofa, in der Mitte ein Mahagonitisch, einige Stühle mit geraden Lehnen und eine alte Eichentruhe mit Messingfüßen, die aussahen wie Löwenklauen.

Sie nahm mich an der Hand und ging zu der Anrichte, wo zwei Gläser mit Rumpunsch für uns bereitstanden. Sie reichte mir eines und sagte: »Auf das Glück.«

»Auf das Glück«, antwortete ich.

Der Raum dahinter war größer und leerer. Es gab zwei Türen, die eine führte auf die Veranda, die andere stand leicht angelehnt und ging auf ein kleines Zimmer. Ein großes Bett, daneben ein runder Tisch, zwei Stühle, ein erstaunlicher Toilettentisch mit einer Marmorplatte und einem großen Spiegel. Zwei Kränze aus Frangipaniblüten lagen auf dem Bett.

»Soll ich einen davon tragen? Und wann?«

Ich setzte mir einen der Kränze wie eine Krone auf und schnitt eine Grimasse vor dem Spiegel. »Ich glaube kaum, daß es zu meinem hübschen Gesicht paßt, was meinst du?«

»Du siehst aus wie ein König, wie ein Kaiser.«

»Gott behüte«, sagte ich und nahm den Kranz ab. Er fiel auf den Boden, und als ich zum Fenster ging, trat ich darauf. Das Zimmer war erfüllt von dem Duft zerquetschter Blumen. Im Spiegel sah ich Antoinette, wie sie sich mit einem kleinen Palmblattfächer Luft zufächelte, der an den Rändern blau und rot bemalt war. Ich fühlte Schweiß auf meiner Stirn und setzte mich hin; sie kniete neben mir nieder und trocknete mein Gesicht mit ihrem Taschentuch.

»Gefällt es dir hier nicht? Das ist mein Haus, und alles ist auf unserer Seite. Früher«, sagte sie, »habe ich immer mit einem Stück Holz neben mir geschlafen, damit ich mich verteidigen konnte, falls man mich angriff. So sehr habe ich mich gefürchtet.«

»Wovor?«

Sie schüttelte den Kopf. »Vor nichts, vor allem.«

Jemand klopfte, und sie sagte: »Es ist nur Christophine.«

»Die Alte, die deine Kinderfrau war? Fürchtest du dich vor ihr?«

»Nein, wie könnte ich?«

»Wenn sie größer wäre«, sagte ich, »eine von diesen stämmigen, aufgeputzten Frauen, würde ich mich vielleicht vor ihr fürchten.«

Sie lachte. »Diese Tür führt zu deinem Ankleidezimmer.«

Ich schloß sie sachte hinter mir.

Der Raum wirkte überfüllt nach der Leere im übrigen

Haus. Es gab einen Teppich, den einzigen, den ich gesehen hatte, einen Schrank aus irgendeinem schönen Holz, das ich nicht kannte. Unter dem offenen Fenster ein kleiner Schreibtisch mit Papier, Federn und Tinte. Ein Zufluchtsort, dachte ich, als jemand sagte: »Dies war Mr. Masons Zimmer, Sir, aber er ist nicht oft hierhergekommen. Der Ort gefiel ihm nicht.« Baptiste, der unter der Tür zur Veranda stand, hatte eine Decke über dem Arm.

»Es ist alles sehr behaglich«, sagte ich. Er legte die Decke auf das Bett.

»Nachts kann es hier kalt sein«, sagte er. Dann ging er. Doch das Gefühl der Sicherheit war verschwunden. Argwöhnisch sah ich mich um. Die Tür zu ihrem Zimmer konnte verriegelt werden, ein starker hölzerner Riegel wurde über einen zweiten geschoben. Es war das hinterste Zimmer im Haus. Holzstufen führten von der Veranda zu einem anderen verwilderten Rasenstück, ein Pomeranzenbaum wuchs neben den Stufen. Ich ging zurück in das Ankleidezimmer und blickte aus dem Fenster. Ich sah eine Lehmstraße mit schlammigen Stellen, gesäumt von einer Reihe hoher Bäume. Jenseits der Straße ein paar halb versteckte Nebengebäude. Eines davon war die Küche. Kein Kamin, der Rauch drang statt dessen aus dem Fenster. Ich setzte mich auf das schmale weiche Bett und lauschte. Kein Laut, nur das Rauschen des Flusses. Ich hätte allein im Haus sein können. Über dem Tisch war ein roh gezimmertes Bücherregal aus drei miteinander verbundenen Brettern, und ich betrachtete die Bücher, Byrons Gedichte, Romane von Sir Walter Scott, ›Die Bekenntnisse eines Opiumessers‹, ein paar schäbige braune Bände und auf dem letzten Brett ›Life and Letters of . . .‹ Der Rest war zerfressen.

*Lieber Vater, wir sind nach einer beschwerlichen Reise hier eingetroffen. Dieses kleine Anwesen auf den »Inseln vor dem Winde« ist Teil des Familienbesitzes, und*

*Antoinette hängt sehr daran. Sie wollte gern so bald wie möglich hierherkommen. Alles ist in bester Ordnung und entsprechend Deinen Plänen und Wünschen verlaufen. Selbstredend setzte ich mich mit Richard Mason ins Benehmen. Sein Vater starb, bald nachdem ich nach Westindien aufgebrochen war, wie Du vermutlich weißt. Er ist ein netter Bursche, gastfrei und freundlich; er schien Gefallen an mir zu finden und vertraute mir ganz und gar. Die Gegend hier ist sehr schön, doch ich bin zu erschöpft von meiner Krankheit, um sie ganz zu würdigen. Ich werde in einigen Tagen wieder schreiben.*

Ich las den Brief noch einmal und fügte ein Postskriptum hinzu:

*Ich habe das Gefühl, daß ich Dich zu lange ohne Nachricht gelassen habe, denn die bloße Ankündigung meiner bevorstehenden Heirat war nicht eigentlich eine Nachricht. Ich lag zwei Wochen mit Fieber zu Bett, nachdem ich in Spanish Town angekommen war. Nichts Ernstliches, doch ich fühlte mich elend genug. Ich war bei den Frasers untergebracht, Freunden der Masons. Mr. Fraser ist Engländer, Richter im Ruhestand, und er bestand darauf, mir ausführlich von einigen seiner Fälle zu erzählen. Es war schwierig, zusammenhängend zu denken oder zu schreiben. An diesem kühlen, abgelegenen Ort – er heißt Granbois (Hochwald, vermutlich) – fühle ich mich bereits besser, und mein nächster Brief wird länger und ausführlicher sein.*

Ein kühler, abgelegener Ort ... Und ich fragte mich, auf welche Weise sie ihre Briefe verschickten. Ich faltete den meinen zusammen und legte ihn in eine Schublade des Tisches. Meine verworrenen Eindrücke jedoch werden nie aufgeschrieben werden. Es gibt Lücken in meinem Geist, die nicht aufgefüllt werden können.

Alles war leuchtend bunt, sehr seltsam, doch es bedeutete mir nichts. Auch sie bedeutete mir nichts, das Mädchen, das ich heiraten sollte. Als ich ihr schließlich begegnete, verbeugte ich mich, lächelte, küßte ihr die Hand, tanzte mit ihr. Ich spielte die Rolle, die von mir erwartet wurde. Nie hatte sie das geringste mit mir zu tun. Jede Bewegung, die ich ausführte, war eine Willensanstrengung, und manchmal wunderte ich mich, daß niemand es bemerkte. Ich hörte meiner eigenen Stimme zu und staunte darüber, sie war ruhig, korrekt, aber gewiß tonlos. Doch ich muß meine Rolle untadelig gespielt haben. Wenn ich einen Ausdruck des Zweifels oder der Neugier sah, dann in einem schwarzen Gesicht, nicht in einem weißen.

Ich erinnere wenig von der eigentlichen Hochzeitsfeier. Marmorne Gedenktafeln an der Wand, die der Tugenden der letzten Pflanzergeneration gedachten. Alle waren sie mildtätig gewesen. Alle Sklavenbesitzer. Alle ruhten sie in Frieden. Als wir aus der Kirche kamen, nahm ich ihre Hand. Sie war kalt wie Eis in der heißen Sonne.

Dann befand ich mich in einem überfüllten Zimmer an einem langen Tisch. Palmblattfächer, eine Horde von Dienern, die rot und gelb gestreiften Kopftücher der Frauen, die dunklen Gesichter der Männer. Der starke Geschmack von Punsch, der reinere Geschmack von Champagner, meine Braut in Weiß, doch ich erinnere mich kaum, wie sie aussah. Dann in einem anderen Raum schwarz gekleidete Frauen. Cousine Julia, Cousine Ada, Tante Lina. Ob dick oder dünn, sie sahen alle gleich aus. Goldene Ohrringe in durchbohrten Ohren. Silberne Armbänder, die an den Handgelenken klirrten.

Ich sagte zu einer von ihnen: »Wir verlassen Jamaika heute nacht«, und sie antwortete nach einer Weile: »Natürlich. Antoinette mag Spanish Town nicht. Sowenig wie ihre Mutter.« Dabei beobachtete sie mich genau. (Werden ihre Augen kleiner, wenn sie älter werden? Kleiner, glänzender, forschender?) Danach glaubte ich, den gleichen Ausdruck auf all ihren Gesichtern zu sehen.

64

Neugier? Mitleid? Spott? Doch warum sollten sie mich bemitleiden? Mich, der ich meine Sache so gut gemacht habe?

Am Morgen vor der Hochzeit stürzte Richard Mason in das Zimmer, das ich bei den Frasers bewohnte, als ich gerade meine erste Tasse Kaffee getrunken hatte. »Sie will es nicht mit sich machen lassen!«

»Was nicht mit sich machen lassen?«

»Sie will Sie nicht heiraten.«

»Aber warum?«

»Sie sagt nicht, warum.«

»Sie muß doch einen Grund haben.«

»Sie will keinen Grund nennen. Ich habe eine Stunde lang auf die kleine Närrin eingeredet.«

Wir starrten einander an.

»Alles ist soweit vorbereitet, die Geschenke, die Einladungen. Was soll ich Ihrem Vater sagen?« Er schien den Tränen nahe.

Ich sagte: »Wenn sie nicht will, dann will sie nicht. Man kann sie nicht vor den Altar schleppen. Warten Sie, bis ich angezogen bin. Ich muß hören, was sie zu sagen hat.«

Ganz geknickt ging er hinaus, und während ich mich ankleidete, dachte ich, daß ich mich damit nun wirklich zum Narren machen ließe. Es war nicht nach meinem Geschmack, nach England zurückzugehen in der Rolle des verschmähten Freiers, dem dieses Kreolenmädchen den Laufpaß gegeben hatte. Ich mußte jedenfalls wissen, warum.

Sie saß in einem Schaukelstuhl, den Kopf gesenkt. Das Haar hing ihr in zwei langen Zöpfen über die Schultern. Aus einer gewissen Entfernung sagte ich sanft: »Was ist los, Antoinette? Was habe ich getan?«

Sie sagte nichts.

»Sie möchten mich nicht heiraten?«

»Nein.« Sie sprach mit sehr leiser Stimme.

»Aber warum?«

»Ich fürchte mich vor dem, was passieren könnte.«

»Aber erinnern Sie sich nicht daran, wie ich Ihnen letzte Nacht sagte, es würde keinen Grund mehr zum Fürchten geben, wenn Sie meine Frau sind?«

»Ja«, sagte sie. »Dann kam Richard herein, und Sie lachten. Mir gefiel nicht, wie Sie lachten.«

»Aber ich lachte doch über mich selbst, Antoinette.«

Sie sah mich an, und ich nahm sie in meine Arme und küßte sie.

»Sie wissen überhaupt nichts über mich«, sagte sie.

»Ich werde Ihnen vertrauen, wenn Sie mir vertrauen. Ist das nicht ein Angebot? Sie werden mich sehr unglücklich machen, wenn Sie mich wegschicken, ohne mir zu sagen, womit ich Sie gekränkt habe. Ich werde mit traurigem Herzen gehen.«

»Ihr trauriges Herz«, sagte sie und berührte mein Gesicht.

Ich küßte sie heftig, versprach ihr Frieden, Glück und Sicherheit, doch als ich sagte: »Kann ich dem armen Richard sagen, daß es ein Irrtum war? Auch er ist traurig«, da antwortete sie mir nicht. Sie nickte nur.


Während ich an dies alles dachte, an Richards zorniges Gesicht, an die Stimme, mit der sie sagte: »Können Sie mir Frieden geben?« war ich wohl eingeschlafen.

Ich erwachte beim Klang von Stimmen aus dem Zimmer nebenan, Gelächter und Wasser plätscherte. Ich lauschte, noch immer schlaftrunken. Antoinette sagte: »Tu mir kein Parfum mehr ins Haar. Er mag es nicht.« Die andere: »Dem Mann gefällt kein Parfum nich? Hab so was noch nie gehört!« Es war beinahe dunkel.

Das Speisezimmer war strahlend hell erleuchtet. Kerzen auf dem Tisch, eine ganze Reihe auf der Anrichte, dreiarmige Kerzenleuchter auf der alten Schiffstruhe. Die beiden Türen zur Veranda standen offen, doch es ging kein

Wind. Die Flammen brannten senkrecht. Sie saß auf dem Sofa, und ich wunderte mich, warum ich nie bemerkt hatte, wie schön sie war. Ihr Haar war aus dem Gesicht gekämmt und fiel glatt bis weit unterhalb ihrer Taille. Ich konnte die roten und goldenen Lichter darin sehen. Sie schien erfreut, als ich ihr Komplimente wegen ihres Kleides machte, und sagte, sie habe es in St. Pierre, Martinique, machen lassen. »Man nennt diese Mode *à la Josephine*.«

»Du sprichst von St. Pierre, als wäre es Paris«, sagte ich.

»Aber es ist ja auch das Paris von Westindien.«

Auf dem Tisch standen rosa Blumenranken, und der Name ging mir angenehm im Kopf herum. Coralita Coralita. Das Essen war zwar zu stark gewürzt, doch leichter und schmackhafter als alles, was ich je auf Jamaika gekostet hatte. Wir tranken Champagner. Eine Menge Nachtfalter und Käfer kamen ins Zimmer geflogen, taumelten ins Kerzenlicht und fielen tot aufs Tischtuch. Amélie fegte sie mit einem Tischbesen zusammen. Umsonst. Noch mehr Falter und Käfer kamen herein.

»Ist es wahr«, sagte sie, »daß England wie ein Traum ist? Eine meiner Freundinnen hat nämlich einen Engländer geheiratet und mir das in einem Brief erzählt. Sie hat gesagt, dieses London ist manchmal wie ein kalter dunkler Traum. Ich will aufwachen.«

»Nun«, sagte ich verärgert, »genauso kommt mir deine schöne Insel vor, ganz unwirklich und wie ein Traum.«

»Aber wie können Flüsse und Berge und das Meer unwirklich sein?«

»Und wie können Millionen Menschen, ihre Häuser und ihre Straßen unwirklich sein?«

»Das schon eher«, sagte sie, »viel eher. Ja, eine große Stadt muß wie ein Traum sein.«

Nein, das hier ist unwirklich und wie ein Traum, dachte ich.

Die lange Veranda war möbliert mit Segeltuchstühlen,

67

zwei Hängematten und einem Holztisch, wo ein Fernrohr auf drei Beinen stand. Amélie brachte Kerzen mit Glasschirmen heraus, doch die Nacht schluckte das schwache Licht. Es roch sehr stark nach Blumen – jenen Blumen am Fluß, die sich nachts öffnen, erzählte sie mir –, und der Lärm, der innen im Zimmer gedämpft gewesen war, war hier draußen ohrenbetäubend. »Das sind Crac-Cracs«, erklärte sie, »sie machen ein Geräusch, das wie ihr Name klingt, und Grillen und Frösche.«

Ich stützte mich aufs Geländer und sah Hunderte von Glühwürmchen. »Ach ja, Glühwürmchen sagt man auf Jamaika, hier nennt man ein Glühwürmchen *La belle*.«

Ein großer Nachtfalter, so groß, daß ich erst dachte, es sei ein Vogel, taumelte in eine der Kerzen, brachte sie zum Erlöschen und fiel zu Boden. »Das ist ein großer Bursche«, sagte ich. »Ist er schlimm versengt?«

»Eher benommen als versengt.«

Ich hob das schöne Geschöpf in meinem Taschentuch auf und setzte es auf das Geländer. Einen Augenblick lang hielt es still, und im dämmerigen Kerzenlicht konnte ich die matt glänzenden Farben sehen, das fein verästelte Muster auf den Flügeln. Sacht schüttelte ich das Taschentuch, und er flog davon.

»Hoffentlich ist dieser muntere Bursche jetzt in Sicherheit«, sagte ich.

»Er wird zurückkommen, wenn wir die Kerzen nicht löschen. Die Sterne sind hell genug.«

In der Tat war das Sternenlicht so hell, daß es die Schatten der Verandapfosten und der Bäume draußen auf den Fußboden warf.

»Komm, laß uns jetzt einen Spaziergang machen«, sagte sie, »dann will ich dir eine Geschichte erzählen.«

Wir gingen über die Veranda zu den Stufen, die zum Rasen führten.

»Wir kamen früher immer hierher, um der Hitze im

Juni, Juli und August zu entgehen. Ich kam dreimal mit meiner Tante Cora, die krank ist. Das war, nachdem. . .« Sie hielt inne und legte die Hand an den Kopf.

»Wenn das eine traurige Geschichte ist, dann erzähl sie mir nicht heute nacht.«

»Sie ist nicht traurig«, sagte sie. »Es ist nur so, daß manches geschieht und für alle Zeiten bleibt, obwohl man vergißt, warum und wann es war. Es passierte in diesem kleinen Schlafzimmer.«

Ich sah in die Richtung, in die sie zeigte, konnte jedoch nur die Umrisse eines schmalen Bettes und ein oder zwei Stühle sehen.

»Ich kann mich erinnern, daß es in dieser Nacht sehr heiß war. Das Fenster war geschlossen, doch ich bat Christophine, es zu öffnen, denn nachts kommt die Brise von den Hügeln her. Die Landbrise. Nicht vom Meer. Es war so heiß, daß mir das Nachthemd am Leib klebte, und dennoch schlief ich ein. Und dann war ich plötzlich wach. Ich sah zwei riesige Ratten, so groß wie Katzen, die mich von der Türschwelle her anstarrten.«

»Es wundert mich nicht, daß du erschrocken bist.«

»Ich war aber nicht erschrocken. Das war das Merkwürdige. Ich starrte sie an, und sie rührten sich nicht. Ich konnte mich im Spiegel auf der andern Seite des Zimmers sehen, in meinem weißen Hemd mit Rüschen um den Hals, wie ich diese Ratten anstarrte und die Ratten, ganz reglos, mich anstarrten.«

»Nun, was geschah?«

»Ich drehte mich um, zog das Laken hoch und schlief auf der Stelle ein.«

»Und das ist die Geschichte?«

»Nein, ich wachte wieder plötzlich auf, wie beim ersten Mal, und die Ratten waren nicht da, doch ich war sehr erschrocken. Ich sprang schnell aus dem Bett und rannte zur Veranda. Ich legte mich in diese Hängematte. In die da.« Sie deutete auf eine flache Hängematte, die an den vier Ecken mit einem Seil befestigt war.

»In jener Nacht war Vollmond – und ich beobachtete ihn lange. Keine Wolken verfolgten ihn, so daß es aussah, als stünde er still, und er schien auf mich. Am nächsten Morgen war Christophine böse. Sie sagte, daß es sehr schlecht sei, im Mondlicht zu schlafen, wenn der Mond voll ist.«

»Und hast du ihr von den Ratten erzählt?«

»Nein, ich habe bis heute nie irgend jemand davon erzählt. Aber ich habe sie nie vergessen.«

Ich wollte etwas Beruhigendes sagen, doch der Geruch der Blumen vom Fluß war überwältigend. Ich fühlte mich schwindelig.

»Glaubst du das auch«, sagte sie, »daß ich zu lange im Mondlicht geschlafen habe?«

Ihr Mund war zu einem starren Lächeln verzogen, doch ihr Blick war so abwesend und traurig, daß ich die Arme um sie legte, sie wie ein Kind wiegte und ihr etwas vorsang. Ein altes Lied, von dem ich glaubte, ich hätte es vergessen.

»Gepriesen sei die Königin der stummen Nacht,
leuchte, leuchte hell, Rotkehlchen, wenn du stirbst.«

Sie lauschte, dann sang sie mit:

»Leuchte, leuchte hell, Rotkehlchen, wenn du stirbst.«

Niemand war im Haus, und nur noch zwei Kerzen standen in dem Zimmer, das so strahlend erleuchtet gewesen war. Ihr Zimmer war dämmerig, eine Kerze mit einem Schirm stand neben dem Bett und eine zweite auf dem Frisiertisch. Auf dem runden Tisch war eine Flasche Wein. Es war sehr spät, als ich zwei Gläser füllte und ihr sagte, sie solle auf unser Glück trinken, auf unsere Liebe und auf den Tag ohne Ende, der morgen sei. Ich war jung damals. Und kurz war meine Jugend.

Ich erwachte am nächsten Morgen im grüngelben Licht und fühlte mich unbehaglich, so als ob mich jemand beobachtete. Sie mußte schon einige Zeit wach gewesen sein. Ihr Haar war geflochten, und sie trug ein frisches weißes Hemd. Ich drehte mich zur Seite, um sie in meine Arme zu nehmen, ich wollte die sorgfältig geflochtenen Zöpfe lösen, doch als ich es tat, klopfte es leise und unaufdringlich an der Tür.

Sie sagte: »Ich habe Christophine zweimal weggeschickt. Wir wachen hier sehr früh auf. Der Morgen ist die beste Zeit.«

»Herein«, rief sie, und Christophine kam herein, mit unserem Kaffee auf einem Tablett. Sie war festlich gekleidet und sah höchst imposant aus. Der Saum ihres geblümten Kleides schleifte hinter ihr her und raschelte beim Gehen, und ihr gelber Seidenturban war kunstvoll geschlungen. Lange, schwere Goldohrringe zogen ihre Ohrläppchen nach unten. Sie wünschte uns lächelnd einen guten Morgen und stellte das Tablett mit Kaffee, Kassava-Kuchen und Guajaven-Gelee auf den runden Tisch. Ich stand auf und ging hinüber ins Ankleidezimmer. Jemand hatte meinen Morgenmantel auf das schmale Bett gelegt. Ich sah aus dem Fenster. Der wolkenlose Himmel war von einem blasseren Blau, als ich es mir vorgestellt hatte, doch während ich hinaussah, bildete ich mir ein, ich sähe, wie das Blau immer tiefer wurde. Ich wußte, am Mittag würde der Himmel golden sein, dann, in der Hitze, messingfarben. Jetzt war es frisch und kühl, und selbst die Luft war blau. Schließlich wandte ich mich ab von der Helligkeit und der Weite und ging zurück ins Schlafzimmer, das noch im Halbdunkel war. Antoinette lag mit geschlossenen Augen in den Kissen. Sie schlug die Augen auf und lächelte, als ich hereinkam. Die Schwarze war es, die, über sie gebeugt, sagte: »Probier mein Bullenblut, Master.« Der Kaffee, den sie mir reichte, war köstlich, und sie hatte schmale, lange Hände, schmal und schön, glaube ich.

»Kein Pferdepisse, wie die englischen Madams trinken«, sagte sie. »Ich kenn sie. Trinken und trinken ihre gelbe Pferdepisse und schwatzen, schwatzen ihr Lügengeschwätz.« Ihr Kleid schleifte hinter ihr her und raschelte, als sie zur Tür ging. Dort wandte sie sich um. »Ich schick das Mädchen, damit es die Schweinerei wegputzt, die du mit den Frangipani gemacht hast, bringt Kakerlaken ins Haus. Paß auf, daß du nich ausrutschst auf den Blüten, junger Herr.« Sie schlüpfte durch den Türspalt.

»Ihr Kaffee ist köstlich, aber wie sie redet, grauenhaft, und sie könnte ruhig ihr Kleid raffen. Es muß sehr schmutzig werden, wenn der ganze Stoff auf dem Boden schleift.«

»Wenn sie ihre Kleider nicht raffen, dann aus Respekt«, sagte Antoinette. »Und auch nicht an Feiertagen oder wenn sie zur Messe gehen.«

»Und heute ist ein Feiertag?«

»Sie wollte, daß es ein Feiertag ist.«

»Was auch immer der Grund sein mag, es ist nicht gerade appetitlich.«

»Doch. Du verstehst überhaupt nicht. Es macht ihnen nichts aus, wenn ein Kleid schmutzig wird, denn es zeigt, daß es nicht das einzige ist, das sie haben. Magst du Christophine nicht?«

»Sie ist zweifellos eine sehr ehrenwerte Person. Ich kann nur nicht behaupten, daß mir ihre Sprache gefiele.«

»Das hat nichts zu sagen«, sagte Antoinette.

»Und sie wirkt so faul, sie trödelt herum.«

»Auch da täuschst du dich. Sie wirkt langsam, doch jede Bewegung, die sie macht, ist richtig, so daß sie letzten Endes flink ist.«

Ich trank noch eine Tasse Bullenblut. (Bullenblut, dachte ich. Der Junge Bulle.)

»Wie hast du diesen Toilettentisch hier heraufgeschafft?«

»Ich weiß nicht. Er ist hier, seit ich denken kann. Viele von den Möbeln sind gestohlen worden, aber der nicht.«

Zwei rosa Rosen waren auf dem Tablett, jede in einem kleinen braunen Krug. Eine war ganz aufgeblüht, und als ich sie berührte, fielen die Blütenblätter ab.

»Rose elle a vécu«, sagte ich und lachte. »Ist das Gedicht wahr? Haben alle schönen Dinge ein trauriges Schicksal?«

»Nein, gewiß nicht.«

Ihr kleiner Fächer lag auf dem Tisch, lachend nahm sie ihn an sich, lehnte sich zurück und schloß die Augen. »Ich glaube, ich werd' heute morgen nicht aufstehen.«

»Nicht aufstehen? Überhaupt nicht aufstehen?«

»Ich werd' aufstehen, wann ich will. Ich bin sehr faul, weißt du. Wie Christophine. Oft bleibe ich den ganzen Tag im Bett.«

Sie schwenkte ihren Fächer. »Der Badeteich ist ganz in der Nähe. Geh, bevor es heiß wird, Baptiste wird dir den Weg zeigen. Es gibt zwei Teiche, den einen nennen wir den Champagnerteich, weil er einen Wasserfall hat, keinen großen, verstehst du, aber es ist schön, das Wasser auf den Schultern zu spüren. Unterhalb ist der Muskatnuß-Teich, er ist braun und liegt im Schatten von einem großen Muskatnußbaum. Er ist gerade groß genug, daß man darin schwimmen kann. Aber sei vorsichtig. Vergiß nicht, deine Kleider auf einen Felsen zu legen, und bevor du dich wieder anziehst, schüttle sie gut aus. Nimm dich in acht vor der roten Ameise, das ist die schlimmste. Sie ist sehr klein, aber leuchtend rot, so daß du sie leicht sehen kannst, wenn du achtgibst. Sei vorsichtig«, sagte sie und wedelte mit ihrem kleinen Fächer.

Eines Morgens, bald nach unserer Ankunft, waren die hohen Bäume vor meinem Fenster mit kleinen blassen Blüten bedeckt, die zu zart waren, um dem Wind standzuhalten. Sie fielen an einem einzigen Tag und sahen aus wie Schnee auf dem struppigen Gras – Schnee, der schwach und süß duftete. Dann wurden sie fortgeweht.

Das schöne Wetter hielt weiterhin an. Es hielt diese ganze Woche an und die nächste und die nächste und die

73

nächste. Kein Anzeichen einer Veränderung. Meine Fieberschwäche verschwand und ebenso alle Befürchtungen.

Ich ging sehr früh zum Badeteich und blieb stundenlang dort; ich wollte den Fluß nicht verlassen, die Bäume, die ihn überschatteten, die Blumen, die sich nachts öffneten. Sie waren fest geschlossen, unter ihren dicken Blättern vor der Sonne geschützt.

Es war ein schöner Ort – wild, unberührt, vor allem unberührt, von einem fremden, beunruhigenden, geheimen Reiz. Und er bewahrte sein Geheimnis. Ich ertappte mich dabei, daß ich dachte: Was ich sehe, ist nichts – ich will haben, was er *verbirgt* –, das ist nicht nichts.

Am späten Nachmittag, wenn das Wasser wärmer war, badete sie mit mir. Stets verbrachte sie einige Zeit damit, Kiesel auf einen flachen Stein in der Mitte des Teiches zu werfen.

»Ich habe sie gesehen. Sie ist nicht gestorben oder in einen andern Fluß gegangen. Sie ist immer noch da. Landkrabben sind harmlos. Die Leute *sagen*, sie sind harmlos. Ich möchte nicht –«

»Ich auch nicht. Gräßlich aussehende Kreaturen.«

Sie war unsicher, im ungewissen über Tatsachen – jede Tatsache. Als ich sie fragte, ob die Schlangen, die wir manchmal sahen, giftig seien, sagte sie: »Die nicht. Die *fer de lance* natürlich, aber die gibt es hier nicht«, und fügte hinzu: »Aber wie kann man sicher sein? Glaubst du, man weiß es?« Dann: »Unsere Schlangen sind nicht giftig. Bestimmt nicht.«

Sie war sich jedoch sicher, was die Riesenkrabbe betraf, und eines Nachmittags, als ich sie beobachtete, kaum fähig zu glauben, daß dies das blasse, schweigsame Geschöpf sein sollte, das ich geheiratet hatte, als ich sie beobachtete in ihrem blauen Hemd, blau mit weißen Tupfen, das sich bis weit über ihre Knie hochgeschoben hatte, da hörte sie auf zu lachen, stieß einen warnenden Ruf aus und warf einen großen Kieselstein. Sie warf wie ein Junge, mit einer sicheren, anmutigen Bewegung, und ich sah hinunter auf lange Scheren, scharf und mit gezackten Rändern, die sofort verschwanden.

»Sie wird dir nichts tun, wenn du von diesem Stein wegbleibst. Sie lebt dort. Oh, das ist eine andere Krabbenart. Ich weiß nicht, wie sie auf englisch heißt. Sehr groß, sehr alt.«

Als wir heimgingen, fragte ich sie, warum sie so gut zielen könne.

»Oh, Sandi hat es mir beigebracht, ein Junge, dem du nie begegnet bist.«

Jeden Abend sahen wir die Sonne von der strohgedeckten Hütte aus untergehen, die sie die *ajoupa* nannte, ich das Sommerhaus. Wir beobachteten den Himmel und das ferne Meer in Flammen – alle Farben waren in diesem Feuer, und die riesigen Wolken waren eingesäumt und gesprenkelt von Flammen. Doch bald wurde ich des Schauspiels müde. Ich wartete auf den Geruch der Blumen vom Fluß – sie öffneten sich, wenn die Dunkelheit kam, und sie kam rasch. Keine Nacht oder Dunkelheit, wie ich sie kannte, sondern eine Nacht mit leuchtenden Sternen, einem fremden Mond – eine Nacht voll seltsamer Geräusche. Dennoch Nacht, nicht Tag.

»Der Mann, dem Consolation Estate gehört, ist ein Einsiedler«, sagte sie irgendwann. »Er empfängt keinen Menschen – spricht fast nie, heißt es.«

»Ein Einsiedler als Nachbar ist mir recht. Sogar sehr recht.«

»Es gibt vier Einsiedler hier auf der Insel«, sagte sie. »Vier richtige. Andere tun so, als ob, doch sie gehen weg, wenn die Regenzeit kommt. Oder sie sind die ganze Zeit betrunken. Immer dann, wenn traurige Dinge geschehen.«

»Dann ist dieser Ort so einsam, wie er wirkt?« fragte ich.

»Ja, er ist einsam. Bist du hier glücklich?«

»Wer wäre es nicht?«

»Ich liebe ihn mehr als irgendeinen anderen Ort auf der Welt. Wie einen Menschen. Mehr als einen Menschen.«

»Aber du kennst die Welt doch gar nicht«, neckte ich sie.

»Nein, nur das hier, und Jamaika natürlich. Coulibri, Spanish Town. Ich kenne die anderen Inseln überhaupt nicht. Ist die Welt denn schöner?«

Wie sollte man darauf antworten? »Sie ist anders«, sagte ich.

Sie erzählte mir, daß sie lange Zeit nicht gewußt hatten, was in Granbois geschah. »Als Mr. Mason kam« (sie nannte ihren Stiefvater stets Mr. Mason), »war es vom Wald überwuchert.« Der Aufseher trank, das Haus verfiel, und das ganze Mobiliar war gestohlen worden; dann machte man Baptiste ausfindig. Einen Butler. Auf St. Kitts. Doch hier auf der Insel geboren und willens zurückzukommen.

»Er ist ein sehr guter Aufseher«, sagte sie oft, und ich stimmte jedesmal zu und behielt meine Ansicht über Baptiste, Christophine und all die andern für mich. »Baptiste sagt ... Christophine will ...«

Sie vertraute ihnen, ich nicht. Doch das konnte ich nicht gut sagen. Noch nicht.

Wir sahen nicht viel von ihnen. Die Küche und das Gewimmel des Küchenbetriebs waren in einiger Entfernung. Und was das Geld betraf, das sie so sorglos aushändigte, ohne es zu zählen, ohne zu wissen, wieviel sie gab, oder die unbekannten Gesichter, die auftauchten und wieder verschwanden, allerdings nie, ohne ein üppiges Mahl vertilgt zu haben und einen anständigen Schluck Rum dazu, wie ich feststellte – Schwestern, Cousins, Tanten und Onkel: Wenn sie keine Fragen stellte, wie konnte ich es tun?

Im Haus wurde sehr früh gefegt und abgestaubt, in der Regel, bevor ich aufwachte. Hilda brachte Kaffee, und immer waren zwei Rosen auf dem Tablett. Manchmal lächelte sie ein reizendes, kindliches Lachen, manchmal kicherte sie laut und unverschämt, knallte das Tablett vor mich hin und rannte weg.

»Dummes kleines Mädchen«, sagte ich dann.

»Nein, nein, sie ist schüchtern. Die Mädchen hier sind sehr schüchtern.«

Nach dem Frühstück, um die Mittagszeit, war es gewöhnlich still bis zum Abendessen, das sehr viel später als in England serviert wurde. Christophines Launen und Grillen, dessen war ich mir sicher. Dann ließ man uns allein. Manchmal beunruhigte mich ein Blick von der Seite, oder jemand sah mich verschlagen, wissend an, doch nie für lange Zeit. Nicht jetzt, dachte ich dann. Noch nicht.

Oft regnete es, wenn ich in der Nacht erwachte – ein leichter, launischer Schauer, ein tanzender, verspielter Regen, oder es klang verhalten, gedämpft, wurde lauter, anhaltender, mächtiger, ein unerbittliches Geräusch. Doch stets war es Musik, eine Musik, die ich nie zuvor gehört hatte.

Dann betrachtete ich sie oft lange Minuten beim Schein der Kerze, fragte mich, weshalb sie im Schlaf traurig aussah, und verfluchte das Fieber oder die Vorsicht, die mich so blind, so schwach, so unentschlossen gemacht hatten. Ich erinnerte mich daran, wie sie versucht hatte zu fliehen. (*Nein, es tut mir leid, aber ich möchte Sie nicht heiraten.*) Hatte sie den Argumenten dieses Richard nachgegeben, Drohungen waren es vermutlich, ich traute ihm da nicht unbedingt, oder meinen halbernsten Schmeicheleien und Versprechungen? Auf jeden Fall hatte sie nachgegeben, doch kalt, unwillig, hatte versucht, sich mit Schweigen und einem ausdruckslosen Gesicht zu schützen. Armselige Waffen, und sie hatten ihr weder viel genützt noch lange geholfen. Wenn ich die Vorsicht aufgegeben habe, so sie das Schweigen und die Kälte.

Soll ich sie wecken und anhören, was sie im Dunkeln sagt, flüstert? Nur im Dunkeln, nicht bei Tag.

»Ich wollte nie leben, bevor ich dich kennenlernte. Ich

77

dachte immer, es sei besser, wenn ich sterbe. So lange muß man warten, bis es vorüber ist.«

»Und hast du das irgend jemand erzählt?«

»Es gab niemand, dem ich es hätte erzählen können, niemand zum Zuhören. Oh, du kannst dir Coulibri nicht vorstellen.«

»Aber nach Coulibri?«

»Nach Coulibri war es zu spät. Ich habe mich nicht mehr verändert.«

Den ganzen Tag über war sie stets wie jedes andere Mädchen, lächelte sich im Spiegel an *(Magst du dieses Parfüm?)*, versuchte, mich ihre Lieder zu lehren, denn sie gingen mir nicht aus dem Kopf.

*Adieu foulard, adieu madras* oder *Ma belle ka di maman li.* Mein schönes Kind sagte zur Mutter *(Nein, es geht nicht so. Jetzt hör zu. So heißt es.).* Oft war sie schweigsam oder war wütend ohne Grund und plauderte mit Christophine in Patois.

»Warum umarmst du Christophine und küßt sie?« fragte ich oft.

»Warum nicht?«

»Ich würde keinen von ihnen umarmen und küssen«, sagte ich. »Ich könnte es nicht.«

Darüber lachte sie lange, und niemals erzählte sie mir, warum sie lachte.

Doch wie anders war sie bei Nacht, selbst ihre Stimme war verändert. Immer dieses Reden vom Tod. (Versucht sie mir zu sagen, dies sei das Geheimnis dieses Ortes? Und es gebe keinen anderen Weg? Sie weiß es. Sie weiß es.)

»Warum hast du mich dazu gebracht, daß ich leben möchte? Warum hast du mir das angetan?«

»Weil ich es wollte. Genügt das nicht?«

»Doch, es genügt. Aber wenn du es eines Tages nicht mehr willst. Was dann? Angenommen, du würdest dieses Glück mitnehmen, wenn ich einmal nicht hinsähe ...«

»Und verlöre mein eigenes? Wer wäre so töricht?«

»Ich bin nicht ans Glück gewöhnt«, sagte sie. »Es macht mir angst.«

»Du mußt nie Angst haben. Oder wenn doch, dann sag es niemand.«

»Ich verstehe. Aber es versuchen, hilft mir nicht.«

»Was dann?« Sie gab darauf keine Antwort, dann, eines Nachts, flüsterte sie: »Wenn ich bloß sterben könnte. Jetzt, wo ich glücklich bin. Würdest du es tun? Du brauchst mich nicht zu töten. Sag: Stirb, und ich werde sterben. Du glaubst mir nicht? Dann versuch's, versuch es, sag: Stirb, und sieh zu, wie ich sterbe.«

»Also stirb! Stirb!« Ich sah sie viele Male sterben. Auf meine Art, nicht auf die ihre. Im Sonnenlicht, im Schatten, im Mondlicht, im Kerzenlicht. An den langen Nachmittagen, wenn das Haus leer war. Nur die Sonne war da, uns Gesellschaft zu leisten. Wir sperrten sie aus. Und warum nicht? Sehr bald war sie ebenso begierig auf das, was man Lieben nennt, wie ich – nur verlorener danach, betäubter.

Sie sagte: »Hier kann ich tun, was mir gefällt«, ich nicht, und dann sagte ich es auch. Es schien das Richtige an diesem einsamen Ort. »Hier kann ich tun, was mir gefällt.«

Wir trafen selten jemand, wenn wir das Haus verließen. Begegneten wir Leuten, so grüßten sie und gingen ihres Weges. Mit der Zeit mochte ich diese Leute aus den Bergen; sie waren schweigsam, zurückhaltend, niemals unterwürfig, niemals neugierig (so glaubte ich wenigstens), denn ich wußte nicht, daß ihre raschen Seitenblicke alles sahen, was sie sehen wollten.

Nur nachts spürte ich die Gefahr und versuchte, sie zu vergessen und wegzudrängen.

»Du bist in Sicherheit«, sagte ich oft zu ihr. Sie mochte es, wenn man ihr sagte: »Du bist in Sicherheit.« Oder ich berührte sanft ihr Gesicht und fühlte Tränen. Tränen – nichts. Worte – weniger als nichts. Und das Glück, das ich ihr gab, das war schlimmer als nichts. Ich liebte sie

79

nicht. Mich dürstete nach ihr; doch das ist nicht Liebe. Ich empfand sehr wenig Zärtlichkeit für sie, sie war eine Fremde für mich, eine Fremde, die nicht so dachte oder fühlte wie ich.

Eines Nachmittags machte mich der Anblick eines Kleides, das sie auf dem Boden ihres Schlafzimmers hatte liegenlassen, atemlos und wild vor Verlangen. Als ich erschöpft war, wandte ich mich von ihr ab und schlief ein, noch immer ohne ein Wort oder eine Liebkosung. Ich wachte auf, und sie küßte mich – sanfte, leichte Küsse. »Es ist spät«, sagte sie und lächelte. »Laß mich dich zudecken – die Landbrise kann kalt sein.«

»Und du, ist dir nicht kalt?«

»Oh, ich bin schnell angezogen. Heute abend werde ich das Kleid tragen, das du so magst.«

»Ja, tu das.«

Der Boden war übersät mit Kleidungsstücken, ihren und meinen. Sie schritt achtlos über sie hinweg, als sie zu ihrem Kleiderschrank ging. »Ich hab' mir überlegt, daß ich mir ein zweites machen lasse, genau wie dieses«, versprach sie fröhlich. »Ist dir das recht?«

»Sehr recht.«

Wenn sie ein Kind war, so war sie kein dummes Kind, sondern ein hartnäckiges. Oft fragte sie mich über England aus und hörte aufmerksam meinen Antworten zu, doch ich war sicher, daß nichts, was ich sagte, ihr viel bedeuten konnte. Sie hatte immer schon eine fertige Meinung. Irgendein romantischer Roman, eine nichtssagende Bemerkung, die sie nicht mehr vergaß, eine Skizze, ein Bild, ein Lied, ein Walzer, ein Klang, und ihre Meinung stand fest. Über England und über Europa. Ich konnte sie nicht verändern, und vermutlich würde keine Macht der Welt sie verändern können. Die Wirklichkeit mochte sie beunruhigen, sie verwirren, sie verletzen, doch das war dann nie die Wirklichkeit. Es war nur ein Fehler, ein Mißgeschick, ein falscher Weg, den man eingeschlagen hatte, ihre Meinung änderte sich dadurch nie.

Nichts, was ich ihr erzählte, hatte auf sie den geringsten Einfluß.

Dann stirb. Schlaf. Das ist alles, was ich dir geben kann ... Ich frage mich, ob sie je erriet, wie nahe sie dem Sterben kam. Auf ihre Art, nicht auf meine. Das Spiel, das wir trieben, war nicht ungefährlich – nicht an diesem Ort. Verlangen, Haß, Leben, Tod kamen sehr nahe in der Dunkelheit. Es war besser, nicht zu wissen, wie nahe. Besser, nichts zu denken, keinen einzigen Augenblick lang. Nicht nahe. Trotzdem ... »Du bist in Sicherheit«, sagte ich oft zu ihr und mir. »Schließ die Augen. Schlaf.«

Dann lauschte ich dem Regen, einer einschläfernden Melodie, die immer weiterzugehen schien ... Regen, für immer Regen. Ertränke mich im Schlaf. Und bald.

Am nächsten Morgen gab es dann kaum Anzeichen dafür, daß es gegossen hatte. Waren manche Blumen zerdrückt, so dufteten die anderen um so süßer, die Luft war blauer und taufrisch. Nur der Lehmweg vor meinem Fenster war schlammig. Kleine flache Pfützen glitzerten in der heißen Sonne, rote Erde trocknet nicht so rasch.


»Das ist heut früh für dich gekommen, Herr«, sagte Amélie. »Hilda hat's angenommen.« Sie gab mir einen dicken Umschlag, der mit einer gestochen scharfen Handschrift adressiert war. »Durch Boten. Dringend« stand in der Ecke geschrieben.

Einer von unseren Einsiedler-Nachbarn, dachte ich. Und für Antoinette ist auch etwas dabei. Dann sah ich Baptiste neben den Verandastufen stehen, steckte den Brief in die Tasche und dachte nicht mehr daran.

Ich war an diesem Morgen später am Teich als gewöhnlich, doch als ich angekleidet war, saß ich lange Zeit da und lauschte dem Wasserfall, mit halbgeschlossenen Augen, schläfrig und zufrieden. Als ich die Hand in die Tasche steckte, um nach der Uhr zu sehen, berührte ich den Umschlag und öffnete ihn.

*Sehr geehrter Herr. Ich ergreife die Feder nach langem Nachdenken und Überlegen, aber schließlich ist die Wahrheit besser als die Lüge. Folgendes habe ich zu sagen. Die Familie Mason hat Sie schändlich betrogen. Sie erzählen Ihnen vielleicht, der Name Ihrer Frau ist Cosway, weil der englische Herr Mr. Mason bloß ihr Stiefvater ist, aber sie erzählen Ihnen nicht, welche Sorte von Menschen diese Cosways waren. Böse und verabscheuungswürdige Sklavenbesitzer seit Generationen – ja, jeder haßt sie auf Jamaika und auch auf dieser schönen Insel, wo Ihr Aufenthalt trotz allem hoffentlich lang und angenehm sein wird, denn manche Leute sind's nicht wert, daß sie einem Kummer machen. Bosheit ist aber noch nicht das Schlimmste. In dieser Familie gibt es Wahnsinn. Der alte Cosway ist im Delirium gestorben wie schon sein Vater vor ihm. Sie fragen, wie ich das beweisen kann und warum ich mich in Ihre Angelegenheiten mische. Ich will Ihnen sagen, warum. Ich bin der Bruder Ihrer Frau von einer andren Dame, ein Kind von nebenan, wie wir sagen. Ihr Vater und der meinige war ein liederlicher Mensch, und von allen seinen unehelichen Kindern bin ich das unglücklichste und notleidendste.*

*Meine Mama starb, als ich ganz klein war, und meine Patin hat mich aufgezogen. Der alte Mister hat ein bißchen Geld dafür gegeben, obwohl er mich nicht mochte. Nein, dieser alte Teufel mochte mich gar nicht, und wie ich älter werde, merk ich das, und ich denk, laß ihn warten, meine Zeit wird schon kommen. Fragen Sie die alten Leute nach seinem widerlichen Treiben, Sir, manche werden sich erinnern.*

*Als die Madam, seine Frau, starb, hat der gottlose Schurke schnell wieder geheiratet, ein junges Mädchen aus Martinique – es war zuviel für ihn. Stockbetrunken von morgens bis abends, und tobend und fluchend ist er gestorben.*

*Dann kommt die glorreiche Abschaffung der Sklave-*

rei und schlechte Zeiten für manche von den Großen und
Mächtigen. Niemand wollte für die junge Frau und ihre
beiden Kinder arbeiten, und dieses Coulibri wird schnell
zu Urwald wie alles hier bei uns, wenn sich niemand
mehr mit dem Boden abplagt und quält. Sie hat kein
Geld und sie hat keine Freunde, denn Franzosen und
Engländer sind wie Hund und Katz auf diesen Inseln seit
langer Zeit. Erschießen sich, bringen sich um, alles.

Diese Frau holt Christophine, die ist auch aus Martinique, sie soll bei ihr bleiben und bei dem alten Mann
Godfrey, der ist zu dumm, um zu merken, was passiert.
Manche sind so. Diese junge Mrs. Cosway taugt nichts
und ist verzogen, sie macht von allein keinen Finger
krumm, und bald kommt der Wahnsinn raus, der in ihr
steckt und in allen diesen weißen Kreolen. Sie schließt
sich ein, lacht und spricht mit niemand, wie viele bezeu-
gen können. Und das kleine Mädchen, Antoinetta, sowie
sie laufen kann, versteckt sie sich, wenn sie jemand sieht.

Wir alle warten drauf zu hören, daß sich die Frau in
einen Abgrund stürzt, »fini batt'e'«, wie wir hier sagen,
das heißt, »hat aufgehört zu kämpfen«.

Aber nein. Sie heiratet wieder, den reichen Engländer
Mr. Mason, und es gibt viel, was ich darüber sagen könnte, aber Sie werden's nicht glauben, und deshalb halt ich
meinen Mund. Man sagt, er liebt sie so, daß er, wenn er
die Welt auf einem Teller hätte, sie ihr geben würde –
aber es nützt nichts.

Der Wahnsinn wird schlimmer, und sie muß eingesperrt werden, weil sie versucht, ihren Mann umzubrin-
gen – Wahnsinn ist noch nicht alles.

Das, Sir, ist die Mutter von Ihrer Frau – das war ihr
Vater. Ich verlasse Jamaika. Ich weiß nicht, was mit der
Frau passiert ist. Manche sagen, sie ist tot, andere sagen
nein. Aber der alte Mason hat einen Narren gefressen an
dem Mädchen Antoinetta und gibt ihr die Hälfte von
seinem Geld, als er stirbt.

Und ich, ich wandre hin und her, hab nicht viel Glück,

leg aber ein bißchen Geld auf die Seite, und ich höre von einem Haus, das auf dieser Insel in der Nähe von Massaker zum Verkauf steht. Es ist billig zu haben und also kauf ich's. Nachrichten kommen sogar zu diesem gottverlassenen Ort, und das nächste, was ich aus Jamaika höre, ist, daß der alte Mason tot ist und diese Familie das Mädchen mit einem jungen Engländer verheiraten will, der nichts über sie weiß. Da denk ich mir, es ist meine Christenpflicht, den Herrn zu warnen, weil sie kein Mädchen zum Heiraten ist mit dem schlechten Blut, was sie von beiden Seiten hat. Aber sie sind weiß, ich bin farbig. Sie sind reich, ich bin arm. Während ich noch überlege, machen sie's schnell vor dem Friedensrichter, während Sie noch schwach vom Fieber sind und bevor Sie Fragen stellen können. Ob das wahr ist oder nicht, müssen Sie selber wissen.

Dann kommen Sie in den Flitterwochen auf die Insel hier und es steht fest, daß mir der Herr diese Bürde auferlegt hat und daß ich Ihnen die Wahrheit sagen muß. Trotzdem bin ich unentschlossen. Ich höre, daß Sie jung und stattlich sind und ein freundliches Wort für alle haben, die Schwarzen und die Weißen und auch für die Farbigen. Aber ich höre auch, daß das Mädchen schön ist, so wie ihre Mutter schön war, und daß Sie von ihr verhext sind. Sie steckt Ihnen im Blut und in den Knochen. Bei Nacht und bei Tag. Aber Sie, ein ehrenwerter Mann, Sie wissen gut, daß man fürs Heiraten mehr braucht als alles das. Denn das bleibt nicht. Der alte Mason war so von ihrer Mutter behext, und seht Euch an, was mit ihm passiert ist. Sir, ich bete, daß ich Sie rechtzeitig warnen kann vor dem, was Sie tun.

Sir, fragen Sie sich, wie ich diese Geschichte erfinden kann und aus welchem Grund. Wie ich Jamaika verlasse, kann ich lesen und schreiben und ein wenig rechnen. Der fromme Vater auf Barbados hat mir noch mehr beigebracht, er gibt mir Bücher, er sagt mir, ich soll die Bibel jeden Tag lesen, und ohne Mühe lerne ich neue

Dinge. Er ist erstaunt, wie schnell es bei mir geht. Trotzdem bleibe ich unwissend und ich erfinde diese Geschichte nicht. Ich kann's nicht. Es ist wahr.

Ich sitze an meinem Fenster, und die Wörter fliegen an mir vorbei wie Vögel – mit Gottes Hilfe fang ich welche.

Eine Woche hab ich für diesen Brief gebraucht. Ich kann nicht schlafen nachts, weil ich an das denke, was ich sagen soll. Also komme ich jetzt schnell zu einem Ende und beendige ich meine Aufgabe.

Sie glauben mir noch immer nicht? Dann stellen Sie diesem leibhaftigen Teufel, dem Richard Mason, drei Fragen, und die soll er beantworten. Ist die Mutter von Ihrer Frau eingesperrt, eine tobende Irre und noch Schlimmeres dazu? Ob sie tot ist oder noch lebt, das weiß ich nicht.

War der Bruder Ihrer Frau schwachsinnig von Geburt an, auch wenn ihn Gott in seiner Güte früh zu sich genommen hat?

Geht Ihre Frau denselben Weg wie ihre Mutter und alle wissen es?

Richard Mason ist ein schlauer Mann, und er wird Ihnen eine Menge komischer Geschichten erzählen, was wir hier Lügen nennen, über das, was in Coulibri passiert und dies und das. Hören Sie nicht auf ihn. Zwingen Sie ihn, daß er antwortet – ja oder nein.

Wenn er den Mund nicht auftut, fragen Sie andere, denn viele denken, daß es eine Schande ist, wie diese Familie Sie und Ihre Verwandten behandelt.

Ich bitte Sie, Sir, besuchen Sie mich, denn es gibt noch mehr, was Sie wissen sollten. Aber meine Hand tut weh, mein Kopf tut weh und mein Herz ist wie ein Stein, weil ich Ihnen so viel Kummer bereite. Geld ist gut, aber kein Geld kann bezahlen für eine verrückte Frau in Ihrem Bett. Verrückt und Schlimmeres dazu.

Ich lege meine Feder nieder mit einer letzten Bitte:

*Kommen Sie und besuchen Sie mich schnell. Ihr unter-*
*täniger Diener. Daniel Cosway.*

*Fragen Sie das Mädchen Amélie, wo ich lebe. Sie weiß*
*es und sie kennt mich. Sie ist von der Insel.*

Ich faltete den Brief sorgfältig zusammen und steckte
ihn in die Tasche. Ich spürte keine Überraschung. Es
war, als hätte ich ihn erwartet, damit gerechnet. Einige
Zeit – ich weiß nicht, ob es lang oder kurz war – saß ich
da und lauschte dem Fluß. Schließlich stand ich auf, die
Sonne brannte jetzt. Meine Bewegungen waren steif,
und ich konnte mich auch nicht zwingen zu denken. Ich
kam an einer Orchidee mit langen Zweigen voll gold-
brauner Blüten vorbei. Einer davon streifte mein Gesicht, und ich erinnerte mich daran, wie ich einmal welche für sie gepflückt hatte. »Sie sind wie du«, hatte ich
zu ihr gesagt. Nun blieb ich stehen, brach einen Zweig
ab und zertrampelte ihn im Schmutz. Das brachte mich
wieder zu mir. Ich lehnte mich an einen Baum, schwit-
zend und zitternd. »Viel zu heiß heute«, sagte ich laut,
»viel zu heiß.«

Als ich in Sichtweite des Hauses kam, ging ich geräuschlos darauf zu. Niemand war in der Nähe. Die Küchentür war geschlossen, und der Ort wirkte verlassen.
Ich ging die Stufen hinauf und die Veranda entlang. Als
ich Stimmen hörte, hielt ich an vor der Tür, die in Antoinettes Zimmer führte. Ich konnte den Raum im Spiegel sehen. Sie lag im Bett, und das Mädchen Amélie fegte
den Boden.

»Beeil dich«, befahl Antoinette, »und sag Christophine,
daß ich sie sehen will.«

Amélie stützte ihre Hände auf den Besenstiel. »Christophine geht fort«, sagte sie.

»Sie geht fort?« wiederholte Antoinette.

»Ja, sie geht«, sagte Amélie. »Christophine mag das
feine Flitterwochen-Haus nicht.« Sie wandte sich um, erblickte mich und lachte laut. »Dein Mann steht draußen

vor der Tür und sieht aus, als hätt' er Zombie gesehen. Hat bestimmt auch das feine Flitterwochen-Haus satt.«

Antoinette sprang aus dem Bett und schlug sie ins Gesicht.

»Ich schlag dich auch, weißer Kakerlak, ich schlag dich auch«, sagte Amélie. Und sie tat es.

Antoinette packte sie bei den Haaren. Amélie zeigte die Zähne und sah aus, als wollte sie zubeißen.

»Antoinette, um Himmels willen«, sagte ich von der Schwelle her.

Blitzschnell drehte sie sich um, sehr bleich. Amélie begrub ihr Gesicht in den Händen und tat, als schluchzte sie, doch ich konnte sehen, wie sie mich durch die Finger beobachtete.

»Geh weg, Kind«, sagte ich.

»Du nennst sie Kind«, sagte Antoinette. »Sie ist älter als der Teufel selber, und der Teufel ist nicht grausamer.«

»Schick Christophine her«, sagte ich zu Amélie.

»Ja, Herr, ja, Herr«, antwortete sie sanft und senkte die Augen. Doch sobald sie aus dem Zimmer war, begann sie zu singen:

> »Die weiße Kakerlake, sie heiratet
> Die weiße Kakerlake, sie heiratet
> Die weiße Kakerlake, sie kauft sich nen jungen
>     Mann
> Die weiße Kakerlake, sie heiratet.«

Antoinette machte ein paar unsichere Schritte nach vorn. Ich wollte ihr helfen, doch sie stieß mich weg und setzte sich auf das Bett; mit zusammengebissenen Zähnen zerrte sie am Laken, schnalzte dann vor Zorn mit der Zunge. Sie nahm eine Schere von dem runden Tisch, durchschnitt den Saum und zerriß das Laken in zwei Hälften, dann jede Hälfte in Streifen.

Weil das Geräusch so laut war, überhörte ich, wie Christophine hereinkam, doch Antoinette hörte sie.

»Du gehst doch nicht fort?« sagte sie.

»Doch«, sagte Christophine.

»Und was soll aus mir werden?« sagte Antoinette.

»Steh auf, Mädchen, und zieh dich an. Eine Frau muß Courage haben, damit sie in dieser schlechten Welt leben kann.«

Sie hatte sich umgezogen und trug ein düster wirkendes Baumwollkleid; die schweren Goldohrringe hatte sie abgenommen. »Hab genug Ärger erlebt«, sagte sie. »Hab ein Recht auf Ruhe. Hab mein Haus, was mir deine Mutter vor so langer Zeit gegeben hat, hab mein Garten und mein Sohn, der für mich arbeitet. Ein Tagedieb, aber ich bring ihn zum Arbeiten. Und dann mag mich der junge Herr nich, und vielleicht mag ich ihn auch nich besonders. Wenn ich dableib, bring ich dir Ärger und Streit ins Haus.«

»Wenn du hier nicht glücklich bist, dann geh«, sagte Antoinette.

Amélie kam ins Zimmer mit zwei Krügen voll heißem Wasser. Sie sah mich von der Seite an und lächelte.

Christophine sagte mit sanfter Stimme: »Amélie. Lächle noch mal so, bloß noch ein einziges Mal, und ich zerstampf dir das Gesicht, wie ich Bananen zerstampfe. Hast du gehört? Antworte mir, Mädchen.«

»Ja, Christophine«, sagte Amélie. Sie wirkte erschrocken.

»Und außerdem kriegst du von mir ein Bauchweh, wie du noch nie eins gehabt hast. Kann gut sein, daß du lange Zeit krank bist mit dem Bauchweh, was du von mir kriegst. Kann sein, daß du nich mehr aufstehst mit dem Bauchweh, was du von mir kriegst. Also bleib ruhig und anständig. Hast du gehört?«

»Ja, Christophine«, sagte Amélie und schlich aus dem Zimmer.

»Sie taugt nichts und ist ein Nichtsnutz«, sagte Christophine verächtlich. »Sie schleicht und kriecht rum wie ein Tausendfüßler.«

Sie küßte Antoinette auf die Wange. Dann blickte sie zu mir, schüttelte den Kopf und murmelte etwas in Patois vor sich hin, bevor sie hinausging.

»Hast du gehört, was das Mädchen gesungen hat?« fragte Antoinette.

»Ich verstehe nicht immer, was sie sagen oder singen.« Oder sonst irgend etwas.

»Es war ein Lied von einer weißen Kakerlake. Das bin ich. So nennen sie uns alle, die wir hier waren, noch bevor ihre eigenen Leute in Afrika sie an die Sklavenhändler verkauften. Und ich hab’ gehört, wie englische Frauen uns ›weiße Nigger‹ nannten. Und so frage ich mich oft, wenn ich unter euch bin, wer ich bin und wo mein Land ist und wo ich hingehöre und warum ich überhaupt je geboren wurde. Gehst du jetzt, bitte? Ich muß mich anziehen, Christophine hat es gesagt.«

Nachdem ich eine halbe Stunde gewartet hatte, klopfte ich an ihre Tür. Es kam keine Antwort, und so bat ich Baptiste, mir etwas zu essen zu bringen. Er saß unter dem Pomeranzenbaum am Ende der Veranda. Er servierte das Essen mit einer so düsteren Miene, daß ich dachte, diese Menschen sind sehr verletzlich. Wie alt war ich, als ich lernte zu verbergen, was ich fühlte? Ein ganz kleiner Junge. Sechs, fünf, sogar noch jünger. Es sei notwendig, wurde mir gesagt, und diese Ansicht habe ich stets akzeptiert. Wenn diese Berge mich herausfordern, oder Baptistes Gesicht oder Antoinettes Augen, so sind sie falsch, melodramatisch, unwirklich (England muß ganz unwirklich sein und wie ein Traum, sagte sie).

Der Rumpunsch, den ich getrunken hatte, war sehr stark, und nach dem Essen hatte ich ein großes Bedürfnis nach Schlaf. Und warum nicht? Es ist die Zeit, in der alles schläft. Ich stellte mir vor, wie die Hunde, die Katzen, die Hähne, die Hennen, wie alle schliefen und selbst das Wasser im Fluß langsamer dahinströmte.

Ich erwachte, dachte sofort an Antoinette und öffnete

die Tür zu ihrem Zimmer, doch sie schlief auch. Ihr Rükken war mir zugewandt, und sie lag ganz unbeweglich. Ich sah aus dem Fenster. Die vollkommene Stille war beunruhigend. Ich wäre froh gewesen, wenn man wenigstens das Bellen eines Hundes gehört hätte, einen Mann, der Holz sägte. Nichts. Stille. Hitze. Es war fünf Minuten vor drei.

Ich ging hinaus und folgte dem Weg, den ich von meinem Fenster aus sehen konnte. Es mußte in der Nacht stark geregnet haben, denn der rote Lehm war sehr glitschig. Ich kam an einer kargen Pflanzung von Kaffeebäumen vorbei, dann an vereinzelten Guajavenbüschen. Beim Gehen erinnerte ich mich an das Gesicht meines Vaters und an seine dünnen Lippen, an die runden, dünkelhaften Augen meines Bruders. Sie wußten Bescheid. Und Richard, der Narr, er wußte es auch. Und das Mädchen mit seinem ausdruckslosen, lächelnden Gesicht. Sie alle wußten es.

Ich begann sehr rasch zu gehen, dann hielt ich an, da das Licht anders geworden war. Ein grünes Licht. Ich hatte den Wald erreicht, und den Wald spürt man immer, er ist feindselig. Der Pfad war zugewachsen, doch man konnte ihm noch folgen. Ich ging weiter, ohne die hohen Bäume auf beiden Seiten zu beachten. Einmal stieg ich über einen umgestürzten Baumstamm hinweg, der von Termiten wimmelte. Wie kann man die Wahrheit entdecken, dachte ich, und dieser Gedanke führte mich nirgendwohin. Keiner würde mir die Wahrheit sagen. Weder mein Vater noch Richard Mason, und bestimmt nicht das Mädchen, das ich geheiratet hatte. Ich stand reglos da, war mir so sicher, ich würde beobachtet, daß ich über die Schulter blickte. Nichts, nur die Bäume und das grüne Licht unter den Bäumen. Man konnte gerade noch einen Weg ahnen, und ich ging weiter, blickte von einer Seite zur andern und manchmal rasch hinter mich. So kam es, daß ich mit dem Fuß gegen einen Stein stieß und beinahe gestürzt wäre. Der Stein, über den ich gestolpert war, war kein Flußkiesel, sondern der Stein von einer gepflasterten Straße. Es hatte einmal eine gepflasterte Straße durch diesen Wald gegeben. Die Spur führte zu einer weiten Lichtung. Hier waren die Ruinen eines Steinhauses, und um die Ruinen standen unglaublich hohe Bäume. Hinter den Ruinen ein mit Früchten überladener wilder Orangenbaum, die Blätter dunkelgrün. Ein schöner Ort. Und so ruhig – so ruhig, daß es töricht schien, zu denken oder zu planen. Worüber hatte ich nachzudenken, und wie konnte ich planen? Unter dem Orangenbaum bemerkte ich kleine Blumensträuße, die mit Gras zusammengebunden waren.

Ich weiß nicht, wie lange es dauerte, bis ich zu frösteln begann. Das Licht hatte sich verändert, und die Schatten waren lang geworden. Ich sollte vor Einbruch der Dunkelheit zurückkehren, dachte ich. Da sah ich ein kleines Mädchen, das einen großen Korb auf dem Kopf trug. Unsere Blicke trafen sich, und zu meinem Erstaunen schrie sie laut auf, warf die Arme hoch und rannte davon. Der Korb fiel herunter, ich rief ihr nach, doch sie schrie wieder und rannte schneller. Sie schluchzte beim Laufen, kleine, erschreckte Laute. Dann war sie verschwunden. Ich kann nur wenige Minuten von dem Pfad entfernt sein, dachte ich, doch nachdem ich längere Zeit gegangen war, wie mir schien, merkte ich, daß sich Gestrüpp und Schlingpflanzen in meinen Beinen verfingen und die Bäume sich über meinem Kopf schlossen. Ich entschied, zu der Lichtung zurückzukehren und es noch einmal zu versuchen, mit demselben Ergebnis. Es wurde dunkel. Es war zwecklos, daß ich mir sagte, ich sei nicht weit vom Haus entfernt. Ich hatte mich verirrt und fürchtete mich unter diesen feindlichen Bäumen; ich war mir so sicher, es drohe Gefahr, daß ich nicht antwortete, als ich Schritte und Rufen hörte. Die Schritte und die Stimme kamen näher. Dann antwortete ich. Zuerst erkannte ich Baptiste nicht. Er trug blaue Baumwollhosen, die über die Knie geschoben waren, und einen breiten, verzierten Gürtel um seine schmale Taille.

Seine Machete hielt er in der Hand, und das Licht fiel auf den messerscharfen, bläulich-weißen Rand. Er lächelte nicht, als er mich sah.

»Wir haben lang nach Ihnen gesucht«, sagte er.

»Ich habe mich verirrt.«

Er brummte, statt zu antworten, und bahnte den Weg; er ging vor mir her, sehr rasch, und schlug jeden Zweig und jede Schlingpflanze, die uns aufhielten, mit einem lässigen Hieb seiner Machete ab.

Ich sagte: »Es hat hier einmal eine Straße gegeben, wohin führte sie?«

»Keine Straße«, sagte er.

»Aber ich hab' sie gesehen. Eine gepflasterte Straße, pavé, wie sie die Franzosen auf den Inseln bauten.«

»Keine Straße.«

»Wer lebte in dem Haus dort?«

»Ein Priester, sagt man. Père Lilièvre. Er hat hier vor langer Zeit gelebt.«

»Ein Kind ging vorbei«, sagte ich. »Es schien sehr erschrocken, als es mich sah. Ist etwas mit diesem Ort?«

Er zuckte die Schultern.

»Gibt es dort ein Gespenst, einen Zombie?« beharrte ich.

»Weiß nichts von all dem Unsinn.«

»Es hat hier einmal eine Straße gegeben.«

»Keine Straße«, wiederholte er hartnäckig.

Es war fast dunkel, als wir uns wieder auf dem roten Lehmweg befanden. Er ging langsamer, drehte sich um und lächelte mir zu. Es war, als hätte er seine Dienermaske vor das böse, vorwurfsvolle Gesicht gesetzt, das ich eben gesehen hatte.

»Du magst die Wälder nicht bei Nacht?«

Er antwortete nicht, sondern deutete auf ein Licht und sagte: »Hab lange nach Ihnen gesucht. Miss Antoinette hat Angst, Ihnen passiert was.«

Als wir zum Haus kamen, fühlte ich mich sehr müde. »Sie sehn aus, als haben Sie Fieber«, sagte er.

»Das hab ich schon gehabt.«

»Fieber kann man immer bekommen.«

Niemand war auf der Veranda, und kein Laut drang aus dem Haus. Wir standen beide auf der Straße und blickten hoch, dann sagte er: »Ich schick Ihnen das Mädchen, Master.«

Hilda brachte mir einen großen Teller Suppe und ein wenig Obst. Ich versuchte, die Tür zu Antoinettes Zimmer zu öffnen. Sie war verriegelt, und man sah kein Licht. Hilda kicherte. Ein nervöses Kichern.

Ich sagte ihr, daß ich nichts essen wollte, sie sollte mir die Karaffe mit Rum und ein Glas bringen. Ich trank, dann nahm ich das Buch, das ich zu lesen begonnen hatte, es hieß ›Das glitzernde Krönchen der Inseln‹, und begann das Kapitel ›Obeah‹:

*Ein Zombie ist ein Toter, der lebendig scheint, oder eine lebende Person, die tot ist. Ein Zombie kann auch der Geist eines Ortes sein; gewöhnlich ist er bösartig, doch vermag er zuweilen mit Opfergaben oder Blumenspenden und Früchten besänftigt zu werden.*

Ich dachte sofort an die Blumensträuße vor dem verfallenen Haus des Priesters.

*»Sie schreien im Wind, der ihre Stimme ist, sie toben im Meer, das ihr Zorn ist.«*

*So ist mir berichtet worden, doch habe ich bemerkt, daß Neger sich im allgemeinen weigern, über die Schwarze Magie zu sprechen, an die so viele glauben. Man nennt sie Voodoo auf Haiti – Obeah auf einigen der Inseln, wieder anders in Südamerika. Sie vertuschen die Dinge, indem sie Lügen erzählen, wenn man sie bedrängt. Die Weißen, die zuweilen leichtgläubig sind, geben vor, das Ganze als Unsinn abzutun. Plötzliche oder geheimnisvolle Todesfälle werden einem Gift zu-*

*geschrieben, das nur den Negern bekannt ist und das*
*keine Spuren hinterläßt. Es wird noch undurchsichtiger*
*durch ...*

Ich blickte nicht auf, obwohl ich ihn am Fenster stehen
sah, sondern ritt weiter, ohne an etwas zu denken, bis ich
zu den Felsen kam. Die Leute hier nennen sie Mounes
Mors, die Toten. Preston scheute bei ihrem Anblick, es
heißt, Pferde tun das immer. Dann stolperte er und ver-
letzte sich dabei, also stieg ich ab und ging weiter, den
Zügel über dem Arm. Es wurde heiß, und ich war müde,
als ich den Weg zu Christophines Haus erreichte; es hatte
zwei Zimmer und ein mit Schindeln statt mit Stroh ge-
decktes Dach. Sie saß auf einer Kiste unter ihrem Mangobaum, rauchte eine weiße Tonpfeife und rief: »Bist du's,
Antoinette? Warum kommst du so früh hier rauf?«

»Ich wollte dich einfach besuchen«, sagte ich.

Sie half mir, Prestons Sattel zu lockern, und führte ihn
zu einem nahegelegenen Bach. Er trank, als sei er sehr
durstig, dann schüttelte er sich und schnaubte. Wasser
flog aus seinen Nüstern. Wir ließen ihn weiden und gingen zu dem Mangobaum zurück. Sie setzte sich auf ihre
Kiste und schob mir eine zweite hin, doch ich kniete
mich nahe bei ihr nieder und berührte den dünnen, silbernen Armreif, den sie ständig trug.

»Du riechst wie immer«, sagte ich.

»Kommst den ganzen langen Weg, um mir das zu sagen?« fragte sie. Ihre Kleider rochen nach sauberem Kat-
tun, der gestärkt und gebügelt worden war. So oft hatte
ich auf Coulibri gesehen, wie sie knietief im Fluß stand,
den langen Rock gerafft, ihre Kleider und ihre weißen
Hemden wusch und sie dann auf die Steine schlug.
Manchmal waren auch andere Frauen da, die alle ihre
Wäsche wieder und wieder auf die Steine schlugen, ein
fröhliches, geschäftiges Geräusch. Waren sie fertig, brei-
teten sie die nassen Kleider in der Sonne aus, trockneten

sich die Stirn und begannen zu lachen und sich zu unterhalten. Sie roch auch nach dem Geruch von ihnen, der für mich so warm und tröstlich ist (aber er mag ihn nicht). Der Himmel war dunkelblau zwischen den dunkelgrünen Blättern des Mangobaumes, und ich dachte: Hier ist mein Platz und hierher gehöre ich und hier möchte ich immer bleiben. Dann dachte ich: Was für ein schöner Baum, aber es ist zu hoch hier oben für Mangos, und vielleicht wird er nie Früchte tragen, und ich stellte mir vor, wie ich allein in meinem Bett lag auf der weichen, seidigen Baumwollmatratze und den feinen Laken und wie ich lauschte. Schließlich sagte ich: »Christophine, er liebt mich nicht, ich glaube, er haßt mich. Er schläft jetzt immer in seinem Ankleidezimmer, und die Dienstboten wissen es. Wenn ich zornig werde, behandelt er mich voller Verachtung und ist stumm, manchmal spricht er stundenlang nicht mit mir, und ich kann es nicht länger ertragen, ich kann's nicht. Was soll ich tun? Am Anfang war er nicht so«, sagte ich.

Rosafarbener und roter Hibiskus wuchs vor ihrer Tür, sie zündete die Pfeife an und antwortete nicht.

»Antworte mir«, sagte ich. Sie stieß eine Wolke von Rauch aus.

»Du fragst mich was Schweres, ich sag dir was Schweres. Pack deine Sachen und geh.«

»Gehen, wohin soll ich gehen? An einen fremden Ort, wo ich ihn nie mehr sehe? Nein, ich will nicht, dann lachen alle über mich, nicht nur die Dienstboten.«

»Nich über dich lachen sie, wenn du gehst; sie lachen über ihn.«

»Das werd' ich nicht tun.«

»Warum fragst du mich und sagst dann nein, wenn ich antworte? Warum kommst du hier rauf und sagst dann nein, wenn ich dir die Wahrheit sag?«

»Aber es muß noch eine andere Möglichkeit geben.«

Sie sah finster drein. »Wenn einer dich nich liebt, dann haßt er dich um so mehr, je mehr du dir Mühe gibst, die

Männer sind so. Wenn du sie liebst, behandeln sie dich schlecht, wenn du sie nich liebst, sind sie hinter dir her, Tag und Nacht, und quälen dich bis aufs Blut. Hab über dich und deinen Mann reden hören«, sagte sie.

»Aber ich kann nicht gehen. Schließlich ist er mein Mann.«

Sie spuckte über die Schulter. »Alle Frauen, ob weiß oder schwarz oder sonst was, sie sind bloß dumme Gänse. Drei Kinder hab ich. Eins davon ist noch auf der Welt, jedes hat einen andern Vater, aber es gibt kein Mann für mich, meinem Schöpfer sei Dank. Ich behalt mir mein Geld. Geb's keinem nichtsnutzigen Mann nich.«

»Wann soll ich gehen, wohin soll ich gehen?«

»Hör dir das an, ein reiches weißes Mädchen wie du, und bist dümmer als die andern. Wenn ein Mann dich nich gut behandelt, dann heb deinen Rocksaum hoch und geh. Tu's, und er kommt dir nachgelaufen.«

»Er wird mir nicht nachlaufen. Und du mußt begreifen, daß ich jetzt nicht mehr reich bin, ich habe überhaupt kein eigenes Geld mehr, alles, was ich hatte, gehört ihm.«

»Was erzählst du mir da?« sagte sie scharf.

»Das ist englisches Gesetz.«

»Gesetz! Der junge Mason hat's ausgedacht, der Bursche ist schlimmer als der Satan, und er wird in der Hölle braten eines schönen Tages. Hör mir jetzt zu, und ich sag dir, was du tun mußt. Sag deinem Mann, du fühlst dich krank, willst dein Cousin auf Martinique besuchen. Bitt ihn lieb um was von dein eignen Geld, der Mann hat kein schlechtes Herz, er gibt dir's. Wenn du weg bist, bleib weg. Bitte ihn um mehr. Er gibt dir wieder was und ist damit noch zufrieden. Am Schluß kommt er und will sehn, was du tust, wie du ohne ihn auskommst, und wenn er dich dick und glücklich sieht, will er dich zurückhaben. So sind die Männer. Bleib lieber nich in dem alten Haus da. Geh fort von dem Haus, sag ich dir.«

»Du meinst, ich soll ihn verlassen?«

»Du fragst mich, also antworte ich.«

96

»Ja«, sagte ich. »Eigentlich könnte ich, aber warum sollte ich nach Martinique fahren? Ich möchte England sehen, ich könnte Geld dafür leihen. Nicht von ihm, aber ich weiß, wie ich es bekommen könnte. Ich muß weit weg gehen, falls ich gehe.«

Ich bin zu unglücklich gewesen, dachte ich, man kann nicht auf ewig so unglücklich sein; es würde einen umbringen. Ich werde eine andere sein, wenn ich in England bin, und andere Dinge werden mir begegnen ... England, hellrosa auf der Karte im Geographiebuch, doch auf der Seite gegenüber drängen sich die Wörter und sehen gewichtig aus. Exportgüter: Kohle, Eisen, Wolle. Dann Importgüter und charakteristische Merkmale der Bewohner. Namen, Essex, Chelmsford on the Chelmer. Die Wolds von Yorkshire und Lincolnshire. Wolds? Bedeutet das Hügel? Wie hoch? Halb so hoch wie unsere, oder sogar noch niedriger? Kühle grüne Blätter im kurzen kühlen Sommer. Sommer. Es gibt Weizenfelder wie bei uns Zuckerrohrfelder, aber sie sind von goldener Farbe und nicht so hoch. Nach dem Sommer sind die Bäume kahl, dann kommen Winter und Schnee. Weiße Federn, die fallen? Zerrissene Papierschnitzel, die fallen? Es heißt, der Frost zeichnet Blumenmuster auf die Fensterscheiben. Ich muß mehr wissen, als ich schon weiß. Denn ich kenne das Haus, wo ich frieren werde und wo ich nicht hingehöre; das Bett, in dem ich liegen werde, hat rote Vorhänge, und ich habe darin schon viele Male geschlafen, vor langer Zeit. Vor wie langer Zeit? In diesem Bett werde ich meinen Traum zu Ende träumen. Doch mein Traum hatte nichts mit England zu tun, und ich darf so etwas nicht denken, ich muß mich an Kronleuchter und an Bälle erinnern, an Schwäne und Rosen und Schnee. Und an Schnee.

»England«, sagte Christophine, die mich beobachtete. »Glaubst du, es gibt so ein Ort?«

»Wie kannst du nur fragen! Du weißt, daß es ihn gibt.«

»Hab den verfluchten Ort nie gesehn, wie soll ich's wissen?«

»Du glaubst nicht, daß es ein Land gibt, das England heißt?«

Sie blinzelte und antwortete rasch: »Ich sag nich, daß ich's nich *glaub*, ich sag, daß ich's nich *weiß*, ich weiß, was ich mit eignen Augen seh, und ich hab's noch nie gesehn. Und dann frag ich mich, ist es dort so, wie die uns erzählen? Manche sagen so, manche sagen was andres, ich hab gehört, 's ist so kalt, daß du Stein und Bein frierst, und sie stehlen dir dein Geld und sind schlau wie der Teufel. Du hast Geld in der Tasche, du siehst wieder hin und wumms – Geld ist weg. Warum willst du in dieses kalte Land mit lauter Dieben gehn? Wenn's dieses Land überhaupt gibt, hab's nie gesehen, soviel steht fest.«

Ich starrte sie an und dachte: Aber wie kann sie wissen, was das Beste für mich ist, diese ignorante, sture alte Negerin, die nicht sicher ist, ob es ein Land wie England überhaupt gibt? Sie klopfte die Pfeife aus und starrte mich ihrerseits an, ihre Augen waren völlig ausdruckslos.

»Christophine«, sagte ich, »vielleicht folge ich deinem Rat. Aber jetzt noch nicht.« (Nun, dachte ich, muß ich sagen, was zu sagen ich gekommen bin.) »Du hast gewußt, was ich will, als du mich gesehen hast, und ganz bestimmt weißt du's jetzt. Oder etwa nicht?« Ich hörte, wie meine Stimme hoch und schrill wurde.

»Sei still«, sagte sie. »Wenn der Mann dich nich liebt, kann ich dir nich helfen, daß er dich liebt.«

»Doch, du kannst es, ich weiß, daß du's kannst. Das ist es, was ich möchte, und darum bin ich hergekommen. Du kannst Leute dazu bringen, daß sie lieben oder hassen. Oder ... oder sterben«, sagte ich.

Sie warf den Kopf zurück und lachte laut. (Aber sie lacht doch nie laut, und warum überhaupt lacht sie?)

»Du glaubst also an diese verrückte Geschichte über Obeah, die du gehört hast, als du noch ganz klein gewesen bist? Alles Unsinn und dummes Zeug. Und dann ist es auch nich für *béké*. Schlimme, ganz schlimme Sachen passieren, wenn *béké* sich da einmischt.«

»Du mußt«, sagte ich. »Du mußt.«

»Sei still. Jo-jo, mein Sohn, kommt gleich zu mir, und wenn er sieht, daß du weinst, erzählt er's allen.«

»Ich werde ruhig sein, ich werde nicht weinen. Aber, Christophine, wenn er, mein Mann, für eine Nacht zu mir kommen könnte. Noch einmal. Ich würde es fertigbringen, daß er mich liebt.«

»Nein, doudou. Nein.«

»Doch, Christophine.«

»Du redest Unsinn. Und wenn ich machen kann, daß er in dein Bett kommt, kann ich nich machen, daß er dich liebt. Hinterher haßt er dich.«

»Nein. Und was kümmert's mich, wenn er's tut? Er haßt mich schon jetzt. Ich höre ihn jede Nacht, wie er die Veranda auf und ab geht. Auf und ab. Wenn er an meiner Tür vorbeigeht, sagt er: ›Gute Nacht, Bertha.‹ Er nennt mich jetzt nie mehr Antoinette. Er hat herausgefunden, daß meine Mutter so hieß. ›Ich hoffe, du wirst gut schlafen, Bertha‹ – es kann nicht schlimmer sein«, sagte ich. »Wenn er eine einzige Nacht zu mir käme, könnte ich danach vielleicht schlafen. Ich schlafe jetzt so schlecht. Und ich träume.«

»Nein. Misch mich da nich ein für dich.«

Da schlug ich mit der Faust gegen einen Stein und zwang mich, ruhig zu sprechen.

»Nach Martinique oder nach England oder sonstwohin gehen, das ist die Lüge. Nie würde er mir auch nur ein bißchen Geld geben, damit ich fortgehen könnte, und er wäre wütend, wenn ich ihn darum bitten würde. Es gäbe einen Skandal, wenn ich ihn verließe, und er haßt Skandal. Selbst wenn ich loskäme (und wie?), würde er mich zwingen, zurückzukehren. Und Richard auch. Und alle andern auch. Von ihm, von der Insel weglaufen, das ist die Lüge. Welchen Grund könnte ich für mein Weggehen angeben, und wer würde mir glauben?«

Als sie den Kopf senkte, sah sie alt aus, und ich dachte: O Christophine, werd' nicht alt. Du bist die ein-

zige Freundin, die ich habe, geh nicht fort von mir, werd'
nicht alt.

»Dein Mann liebt das Geld, das steht fest«, sagte sie.
»Das ist jedenfalls keine Lüge. Geld hat ein hübsches
Gesicht für alle Leute, aber für den Mann da ist Geld so
hübsch, wie's hübscher nich geht, er kann nichts andres
nich sehn.«

»Dann hilf mir.«

»Hör zu, doudou ché. Ein Haufen Leute hängen dir und
deiner Mutter Böses an. Ich weiß es. Ich weiß, wer redet,
und ich weiß, was sie sagen. Der Mann ist nich schlecht,
auch wenn er's Geld liebt, aber er hört so viele Geschichten,
daß er nich weiß, was er glauben soll. Deshalb bleibt er weg.
Ich trau keinem von den Leuten nich, die um dich rum sind.
Nich denen hier, und nich denen auf Jamaika.«

»Auch nicht Tante Cora?«

»Dein Tantchen ist jetzt eine alte Frau, sie dreht's Gesicht zur Wand.«

»Woher weißt du das?« fragte ich. Denn genau das war
geschehen.


Als ich an ihrem Zimmer vorbeikam, hörte ich sie mit
Richard streiten, und ich wußte, es ging um meine Heirat. »Es ist unwürdig«, sagte sie. »Es ist eine Schande. Du
händigst alles, was das Kind besitzt, einem vollkommen
Fremden aus. Dein Vater hätte das nie zugelassen. Sie
sollte gesetzlich abgesichert sein. Man kann eine Regelung treffen, und es sollte auch eine getroffen werden.
Das war seine Absicht.«

»Du sprichst von einem ehrbaren Gentleman und nicht
von einem Schurken«, sagte Richard. »Ich bin nicht in
der Lage, Bedingungen zu stellen, und das weißt du sehr
gut. Sie hat verdammtes Glück, daß sie ihn bekommt –
wenn man alles bedenkt. Warum sollte ich auf einer ge-
setzlichen Regelung bestehen, wenn ich ihm vertraue?
Ich würde ihm mein Leben anvertrauen«, fuhr er mit
affektierter Stimme fort.

»*Ihr* Leben vertraust du ihm an, nicht das deine«, sagte sie.

Er sagte ihr, sie solle in Gottes Namen den Mund halten, alte Närrin, und schlug die Tür hinter sich zu, als er ging. So zornig war er, daß er nicht bemerkte, wie ich im Gang stand. Sie saß aufrecht im Bett, als ich in ihr Zimmer trat. »Ein Schwachkopf ist dieser Junge, oder wenigstens tut er so. Es gefällt mir nicht, was ich von diesem ehrbaren Gentleman gesehen habe. Stocksteif. Hart wie ein Stück Holz und dumm wie Stroh, meiner Meinung nach, außer, wenn es um seine eigenen Interessen geht.«

Sie war sehr blaß und zitterte am ganzen Leib, und so gab ich ihr das Riechsalz vom Toilettentisch. Es war in einem roten Glasfläschchen mit vergoldetem Stöpsel. Sie hielt das Fläschchen an die Nase, doch ihre Hand sank herab, als sei sie zu müde, um es festzuhalten. Dann wandte sie sich vom Fenster ab, vom Himmel, dem Spiegel, den hübschen Dingen auf dem Toilettentisch. Das rote, vergoldete Fläschchen fiel zu Boden. Sie drehte ihr Gesicht zur Wand. »Der Herr hat uns verlassen«, sagte sie und schloß die Augen. Sie sagte nichts mehr, und nach einer Weile dachte ich, sie schlafe. Sie war zu krank, um zu meiner Hochzeit zu kommen, und ich ging, um auf Wiedersehen zu sagen, ich war aufgeregt und glücklich und dachte, jetzt beginnen meine Flitterwochen. Ich küßte sie, und sie gab mir eine kleine seidene Tasche. »Meine Ringe. Zwei davon sind wertvoll. Zeig sie ihm nicht. Versteck sie. Versprich mir das.«

Ich versprach es, doch als ich das Täschchen öffnete, war einer der Ringe ein einfacher Goldring. Gestern dachte ich, ich könnte einen von ihnen verkaufen, aber wer wird hier das kaufen, was ich zu verkaufen habe ...?

Christophine sagte: »Dein Tantchen ist zu alt und zu krank, und der Bursche Mason taugt nichts. Hab Courage und kämpf allein. Red mit deinem Mann ruhig und kühl, erzähl ihm von deiner Mutter und allem, was in

Coulibri passiert ist und warum sie krank geworden ist und was man mit ihr gemacht hat. Schrei den Mann nich an und schneid keine verrückten Gesichter nich. Und wein auch nich. Bei dem nützt kein Weinen nich. Red freundlich mit ihm und bring ihn dazu, daß er versteht.«

»Ich hab's versucht«, sagte ich, »aber er glaubt mir nicht. Dafür ist es jetzt zu spät« (es ist immer zu spät für die Wahrheit, dachte ich). »Ich versuch' es noch einmal, wenn du tust, worum ich dich bitte. O Christophine, ich hab' solche Angst«, sagte ich. »Ich weiß nicht, warum, aber ich hab' so große Angst. Die ganze Zeit. Hilf mir.«

Sie sagte etwas, das ich nicht hören konnte. Dann nahm sie einen spitzen Stock und zog damit Linien und Kreise auf der Erde unter dem Baum, dann wischte sie alles mit dem Fuß weg.

»Red du zuerst mit ihm, dann tu ich, worum du mich bittest.«

»Jetzt?«

»Ja«, sagte sie. »Jetzt sieh mich an. Sieh mir in die Augen.«

Mir war schwindlig, als ich aufstand, und murmelnd ging sie ins Haus und kam mit einer Tasse Kaffee zurück.

»Guter Schuß weißer Rum drin«, sagte sie. »Hast ein Gesicht wie eine Leiche, und Augen, rot wie *soucriant*. Bleib ruhig – da, Jo-jo kommt, der schwatzt mit jedem über das, was er hört. Ist nichts andres als Kalebasse mit Löchern, dieser Bursche.«

Als ich den Kaffee getrunken hatte, begann ich zu lachen. »Ich bin so unglücklich gewesen wegen nichts, gar nichts«, sagte ich.

Ihr Sohn trug einen großen Korb auf dem Kopf. Ich betrachtete seine kräftigen braunen Beine, die so mühelos den Weg entlangtänzelten. Er schien überrascht und neugierig, als er mich sah, doch fragte er höflich auf patois, wie es mir ging, ob der Herr bei guter Gesundheit war?

»Ja, Jo-jo, danke, uns beiden geht es gut.«

Christophine half ihm mit dem Korb, dann holte sie die Flasche mit weißem Rum hervor und schenkte eine halbe Karaffe ein. Er stürzte ihn schnell hinunter. Dann füllte sie das Glas mit Wasser, und er trank es, so wie sie das alle machen.

Sie sagte auf englisch: »Madam geht jetzt, ihr Pferd ist da drüben. Leg ihm den Sattel auf.«

Ich folgte ihr ins Haus. Im vorderen Zimmer standen ein Holztisch, eine Bank und zwei wacklige Stühle. Ihr Schlafzimmer war groß und dunkel. Sie hatte immer noch ihre bunte Bettdecke mit dem Flickenmuster, das Palmblatt vom Palmsonntag und das Gebet um einen glücklichen Tod. Doch als ich einen Haufen Hühnerfedern in einer Ecke bemerkte, sah ich mich nicht mehr um.

»Hast also jetzt schon Angst, was?« Und als ich ihren Gesichtsausdruck sah, nahm ich meine Börse aus der Tasche und warf sie auf das Bett.

»Brauchst mir kein Geld nich zu geben. Ich mach diese Dummheit, weil du mich bittest – nich für Geld.«

»Ist es eine Dummheit?« sagte ich flüsternd, und wieder lachte sie, doch diesmal leise.

»Wenn *béké* sagt, 's ist Dummheit, dann ist's Dummheit. *Béké* ist schlau wie der Teufel. Schlauer wie Gott. Ist's nich so? Und jetzt hör zu, und ich sag dir, was du tun mußt.«

Als wir hinaus ins Sonnenlicht traten, stand Jo-jo mit Preston neben einem großen Stein, den Zügel in der Hand. Ich stellte mich auf den Stein und stieg auf.

»Auf Wiedersehn, Christophine, auf Wiedersehn, Jo-jo.«

»Auf Wiedersehn, Madam.«

»Du kommst ganz bald zu mir, Christophine?«

»Ja, ich komm.«

Am Ende des Weges sah ich zurück. Sie sprach mit Jo-jo, und er wirkte neugierig und belustigt. In der Nähe krähte ein Hahn, und ich dachte: Das bedeutet Verrat, aber wer ist der Verräter? Sie wollte das nicht machen.

Ich hab' sie dazu gezwungen mit meinem schmutzigen Geld. Und was weiß man über Verräter, oder warum Judas das getan hat, was er tat?

Ich kann mich an jede Sekunde dieses Morgens erinnern; wenn ich die Augen schließe, kann ich die tiefblaue Farbe des Himmels sehen und die Blätter des Mangobaums und den rosafarbenen und roten Hibiskus, das gelbe Tuch, das sie um den Kopf gebunden trug, in der Art, wie man es auf Martinique trägt, mit den abstehenden Zipfeln vorn, doch nun sehe ich alles unbeweglich, für immer festgehalten, wie die Farben auf einem bunten Glasfenster. Nur die Wolken bewegten sich. Es war in ein Blatt gewickelt, das, was sie mir gegeben hatte, und es fühlte sich kühl und glatt an auf meiner Haut.

»Madam macht einen Besuch«, sagte mir Baptiste, als er mir an jenem Morgen den Kaffee brachte. »Sie kommt heute nacht oder morgen zurück. Sie hat sich schnell entschlossen und ist weggegangen.«

Am Nachmittag brachte mir Amélie einen zweiten Brief.

*Warum antworten Sie nicht? Sie glauben mir nicht? Dann fragen Sie jemand andern – jeder in Spanish Town weiß es. Warum, glauben Sie, hat sie Sie hierhergebracht? Wollen Sie, daß ich zu Ihnen komm und Ihre Angelegenheiten vor jedem laut erzähle? Entweder Sie kommen zu mir, oder ich komme –*

An dieser Stelle hörte ich auf zu lesen.

Das Kind Hilda kam ins Zimmer, und ich fragte sie: »Ist Amélie hier?«

»Ja, Herr.«

»Sag ihr, ich will sie sprechen.«

»Ja, Herr.«

Sie hielt sich die Hand vor den Mund, wie um ein Lachen zu unterdrücken, doch ihre Augen, die schwärzesten, die ich je gesehen hatte, so schwarz, daß man unmöglich die Pupillen von der Iris unterscheiden konnte, wirkten unruhig und verstört.

Ich saß auf der Veranda mit dem Rücken zum Meer, und es war, als hätte ich mein Leben lang da gesessen. Ich konnte mir kein anderes Wetter oder einen anderen Himmel vorstellen. Ich kannte die Form der Berge so gut, wie ich die Form der beiden braunen Krüge kannte, die, mit weißen, süß duftenden Blumen gefüllt, auf dem hölzernen Tisch standen. Ich wußte, daß das Mädchen ein weißes Kleid tragen würde. Braun und weiß würde sie sein, ihre Locken – ihr Weißes-Mädchen-Haar nannte sie das – halb bedeckt von einem roten Kopftuch, die Füße bloß. Da würden der Himmel und die Berge sein, die Blumen und das Mädchen und das Gefühl, daß dies alles ein Alptraum sei, die schwache, tröstliche Hoffnung, daß ich erwachen könnte.

Sie lehnte sich leicht gegen den Verandapfosten, mit lässiger Anmut, gerade respektvoll genug, und wartete.

»Hat man dir diesen Brief gegeben?« fragte ich.

»Nein, Herr, Hilda hat ihn angenommen.«

»Und ist dieser Mann, der da schreibt, ein Freund von dir?«

»Nich mein Freund«, sagte sie.

»Aber er kennt dich – oder er sagt es jedenfalls.«

»O ja, ich kenn Daniel.«

»Nun, ausgezeichnet. Sag ihm, daß er mich mit seinen Briefen belästigt und daß es für ihn besser ist, wenn er nicht mehr schreibt. Wenn er einen Brief bringt, gib ihn ihm zurück. Verstanden?«

»Ja, Herr. Hab verstanden.«

Während sie immer noch an den Pfosten gelehnt stand, lächelte sie mich an, und ich hatte das Gefühl, daß ihr

Lächeln jeden Augenblick zu einem lauten Gelächter werden könnte. Um dies zu verhindern, fuhr ich fort: »Warum schreibt er mir?«

Sie antwortete mit Unschuldsmiene: »Das erzählt er dir nich? Schreibt dir zwei Briefe und sagt nich, warum er schreibt? Wenn du's nich weißt, dann weiß ich's auch nich.«

»Aber du kennst ihn?« sagte ich. »Ist sein Name Cosway?«

»Manche sagen ja, manche sagen nein. Er nennt sich jedenfalls so.«

Nachdenklich setzte sie hinzu, Daniel sei sehr gebildet, andauernd las er in der Bibel, und er lebte wie ein Weißer. Ich versuchte herauszufinden, was sie damit meinte, und sie erklärte, daß er ein Haus hatte wie die Weißen, mit einem Zimmer, bloß zum Drinsitzen. Daß er zwei Bilder an der Wand hängen hatte, von seinem Vater und seiner Mutter.

»Weiße?«

»O nein, Farbige.«

»Aber er hat mir in seinem Brief geschrieben, daß sein Vater ein Weißer war.«

Sie zuckte die Achseln. »Das alles ist zu lang her für mich.« Man konnte leicht sehen, daß sie verachtete, was lange her war. »Ich richt ihm aus, was du mir sagst, Herr.« Dann fügte sie hinzu: »Warum gehst du nich zu ihm? Das ist viel besser. Daniel ist ein böser Mann, und er kommt her und macht dir Ärger. 's ist besser, er kommt nich. 's heißt, früher war er Prediger auf Barbados, er redet wie ein Prediger, und er hat ein Bruder auf Jamaika, in Spanish Town, Mr. Alexander. Der ist furchtbar reich. Hat drei Rum-Brennereien und zwei Läden.« Sie warf mir einen messerscharfen Blick zu. »Hab mal gehört, daß Miss Antoinette und sein Sohn, Mr. Sandi, sich heiraten, aber das ist alles Unsinn. Miss Antoinette ist ein weißes Mädchen mit nem Haufen Geld, sie heiratet kein Farbigen nich, auch wenn er nich aussieht wie ein Farbiger. Frag Miss Antoinette, sie wird's dir sagen.«

Wie Hilda hielt sie sich die Hand vor den Mund, als könnte sie das Lachen nicht zurückhalten, und ging weg.

Wandte sich dann um und sagte ganz leise: »Tust mir leid.«

»Was hast du gesagt?«

»Hab nichts gesagt, Herr.«


Ein großer, mit einem roten Fransentuch bedeckter Tisch ließ das kleine Zimmer noch stickiger wirken.

»Ich stell Ihren Stuhl gleich neben die Tür«, sagte Daniel, »von unten kommt Luft rein.« Doch da war keine Luft, kein Windhauch, das Haus war weiter unten am Berg, fast auf Meereshöhe.

»Als ich hör, Sie kommen, trink ich ein anständigen Schluck Rum, und dann trink ich ein Glas Wasser, damit ich mich beruhige, aber es beruhigt mich nich, es läuft mir aus den Augen als Tränen und Klagen. Warum haben Sie mir nich geantwortet, wie ich das erste Mal geschrieben hab?« Er sprach weiter, den Blick auf einen gerahmten Spruch geheftet, der an der schmutzigen weißen Wand hing. »Die Rache ist mein.«

»Du brauchst zu lang, Herr«, sagte er zur Wand hin. »Hab dich ein bißchen angetrieben.« Dann trocknete er sich das dünne gelbe Gesicht und schneuzte sich die Nase in einen Zipfel des Tischtuchs.

»Man nennt mich Daniel«, sagte er und sah mich immer noch nicht an, »aber mein Name ist Esau. Das einzige, was ich von mein Vater, dem verdammten Satan, gekriegt hab, ist, daß er mich verflucht hat und mich rausgeschmissen hat, von mein Vater, dem alten Cosway, mit seiner weißen Marmortafel in der englischen Kirche in Spanish Town, damit's alle sehen können. Hat ein Wappen drauf und ein Spruch auf lateinisch und Wörter in großen schwarzen Buchstaben. Alles gelogen. Ich hoff, der Stein hängt ihm um den Hals und zieht ihn am Schluß

in die Hölle. ›Fromm‹ schreiben sie drauf. ›Von allen
geliebt.‹ Kein Sterbenswort über die Leute, die er gekauft
und verkauft hat wie Vieh. ›Barmherzig zu den Schwachen‹, schreiben sie drauf. Barmherzigkeit! Dem Mann
sein Herz war aus Stein. Manchmal, wenn er eine Frau satt
hat, und das geht schnell, läßt er sie frei, so wie er meine
Mutter freigelassen hat, hat ihr sogar eine Hütte gegeben
und ein Stück eignes Land (manche sagen, 's ist ein Garten), aber das ist keine Barmherzigkeit nich, er tut's aus
gottlosem Stolz. Hab noch nie mit mein eignen Augen ein
Mann gesehn wie den, so hochmütig und stolz – kommt
daher, als ob ihm die Erde gehören tut. ›Ich scher mich den
Teufel drum‹, sagt er. Warten wir's ab ... Ich seh immer
noch die Tafel vor mein Augen, weil ich oft hingegangen
bin, um sie anzusehn. Kenn die Lügen auswendig, die sie
erzählen – keiner steht auf und sagt: Warum schreibst du
Lügen in die Kirche? ... Ich sag Ihnen das, damit Sie
wissen, mit was für Leuten Sie's zu tun haben. Das Herz
kennt seine eigne Bitterkeit, aber es immer verschließen,
das ist hart. So als wär's gestern gewesen, erinner ich mich
an den Morgen, wo er mich verflucht hat. Sechzehn war
ich, und Angst hatt ich. Ich geh früh los, geh den ganzen
Weg nach Coulibri – dafür braucht man fünf oder sechs
Stunden. Er sagt, er will mich nich sehn, grüßt mich ganz
kühl und ruhig, und als erstes sagt er mir, daß ich ihn
immer wegen Geld belästige. Weil ich manchmal bitte, daß
er mir was dazulegt für ein Paar Schuh oder so was. Damit
ich nich barfuß gehn muß wie ein Nigger. Ich bin nämlich
keiner. Er sieht mich an, als ob ich Dreck bin, und da werd
ich zornig. ›Schließlich hab ich meine Rechte‹, sag ich zu
ihm, und wissen Sie, was er tut? Lacht mir ins Gesicht. Wie
er aufhört mit Lachen, nennt er mich Wie-heißt-du-bloß-
gleich. ›Ich kann mich schließlich nich an alle ihre Namen
erinnern – das wäre zuviel verlangt‹, sagt er zu sich selber.
Ganz alt sieht er aus im hellen Sonnenlicht an dem Morgen
damals. ›Sie selber haben mich Daniel genannt‹, sag ich zu
ihm. ›Bin kein Sklave wie meine Mutter.‹

›Wenn es je ein durchtriebenes Weibsstück gegeben hat, dann war's deine Mutter‹, sagt er, ›und ich bin kein Narr. Aber schließlich ist die Frau tot, und das reicht. Doch wenn in deinem dürren Gestell auch nur ein Tropfen von meinem Blut ist, freß ich ein Besen.‹ Inzwischen bin ich in Weißglut, das kann ich Ihnen sagen, also brüll ich zurück: ›Dann friß ihn doch. Friß ihn. Hast nich viel Zeit. Und auch nich viel Zeit, daß du deine neue Frau küßt und liebst. Ist zu jung für dich.‹ ›Großer Gott!‹ sagt er und wird rot im Gesicht und dann so irgendwie grau. Er will aufstehn, aber er fällt in sein Stuhl zurück. Er hat ein großes silbernes Tintenfaß auf dem Schreibtisch, er zielt damit auf mein Kopf und verflucht mich, aber ich bück mich schnell, und das Tintenfaß trifft die Tür. Ich muß lachen, aber ich geh schnell weg. Er schickt mir ein bißchen Geld – schreibt kein Wort, schickt nur das Geld. Damals hab ich ihn zum letzten Mal gesehn.«

Daniel atmete tief, trocknete sich wieder das Gesicht und bot mir Rum an. Als ich dankend ablehnte und den Kopf schüttelte, goß er sich ein halbes Glas ein und stürzte es hinunter.

»Das ist alles lang her«, sagte er.

»Warum wolltest du mich sehen, Daniel?«

Das letzte Glas schien ihn wieder nüchtern gemacht zu haben. Er sah mir gerade ins Gesicht und sprach etwas natürlicher.

»Ich hab drauf bestanden, weil ich das sagen muß. Wenn Sie fragen, ob's wahr ist, was ich Ihnen erzähl, dann fragen Sie, obwohl Sie mich nich leiden können, das seh ich; aber Sie wissen gut, daß mein Brief keine Lüge nich war. Passen Sie auf, mit wem Sie reden. Viele Leute reden gern hinter Ihrem Rücken, aber sie haben Angst, es Ihnen ins Gesicht zu sagen, oder sie wollen sich nich einmischen. Also der Richter, der weiß ne Menge, aber seine Frau ist eng befreundet mit den Masons, und sie sorgt dafür, daß er nichts sagt. Dann gibt's noch mein Halbbruder Alexander, er ist ein Halbblut so wie ich, hat

aber nich soviel Pech wie ich, er wird Ihnen bestimmt alle
möglichen Lügen erzählen wollen. Er war der Liebling
von dem Alten, und gleich von Anfang an ist es ihm
gutgegangen. Ja, Alexander ist jetzt ein reicher Mann,
aber er läßt nichts darüber raus. Weil's ihm gutgeht, ist er
falsch, er sagt nichts gegen Weiße. Da gibt's noch die
Frau da oben in Ihrem Haus, Christophine. Sie ist die
schlimmste. Hat wegmüssen aus Jamaika, weil sie im Gefängnis gesessen hat: Haben Sie das gewußt?«

»Warum kam sie ins Gefängnis? Was hat sie getan?«

Seine Augen wichen meinem Blick aus. »Hab Ihnen
gesagt, daß ich weg bin aus Spanish Town. Ich weiß nich
alles, was passiert ist. 's ist was sehr Schlimmes gewesen.
Sie ist eine Obeah-Frau, und man hat sie erwischt. Ich
glaub nich an das ganze Teufelszeug, aber viele glauben
dran. Christophine ist eine böse Frau, und sie wird Sie
noch mehr anlügen als Ihre Frau. Ihre eigne Frau, sie
redet schön, und sie lügt.«

Die schwarz-goldene Uhr auf einem Wandbord schlug
vier.

Ich muß gehen. Ich muß wegkommen von seinem
gelben schwitzenden Gesicht und seinem abscheulichen
kleinen Zimmer. Ich saß unbeweglich, betäubt, und starrte ihn an.

»Gefällt Ihnen meine Uhr?« sagte Daniel. »Hab schwer
gearbeitet, damit ich sie kriege. Aber ich hab sie gekauft,
weil sie mir selber gefällt. Ich muß keiner Frau nich gefallen. Kauf mir dies und kauf mir das – leibhaftige Teufel
sind sie alle, das ist meine Meinung. Aber Alexander, er
kann sie nich in Ruhe lassen, und zum Schluß hat er ein
ganz hellhäutiges Mädchen geheiratet, sehr anständige
Familie. Sein Sohn Sandi sieht aus wie ein Weißer, bloß
hübscher als irgendein Weißer, und er wird von vielen
Weißen eingeladen, heißt es. Ihre Frau kennt Sandi seit
langer Zeit. Fragen Sie sie, sie sagt's Ihnen bestimmt.
Aber nich alles, glaub ich.« Er lachte. »O nein, nich alles.
Hab sie gesehn, als sie geglaubt haben, daß niemand sie

sieht. Hab Ihre Frau gesehen, als sie – Sie gehn weg, was?« Blitzschnell war er an der Türschwelle.

»Nein, Sie gehn nich, bevor ich Ihnen das letzte gesagt hab. Sie wollen, daß ich mein Mund halt und nich sag, was ich weiß. Sie hat was mit Sandi angefangen. Man hat Sie schön reingelegt mit dem Mädchen. Sieht einem grade ins Gesicht und redet schön – und Lügen sind's, was sie sagt. Lügen. Ihre Mutter war genauso. Es heißt, sie ist schlimmer als die Mutter, und dabei ist sie fast noch ein Kind. Sie müssen taub sein, wenn Sie nich gehört haben, wie die Leute lachten, als Sie sie geheiratet haben. Verschwenden Sie Ihren Zorn nich an mich, Sir. Ich leg Sie nich rein, will Ihnen bloß die Augen öffnen … Ein großer feiner englischer Herr wie Sie, Sie wolln sich doch nich an so ner kleinen gelben Ratte wie mir vergreifen, oder? Im übrigen versteh ich Sie gut. Sie glauben mir, aber Sie wollen, daß alles im stillen passiert, wie das die Engländer so gut können. Mir recht. Aber wenn ich den Mund halt, dann schulden Sie mir was, mein ich. Was sind fünfhundert Pfund für Sie? Für mich ist das mein Leben.«

Ekel stieg in mir hoch, wie ein Anfall von Übelkeit. Ekel und Wut.

»Gut so«, schrie er und gab die Tür frei. »Also gehn Sie … Raus mit Ihnen. Jetzt sag *ich* das. Raus. Raus. Und wenn ich nich das Geld krieg, das ich will, werden Sie sehn, zu was ich fähig bin.

Grüßen Sie schön Ihre Frau – meine Schwester«, rief er mir gehässig hinterher. »Sind nich der erste, der wo ihr hübsches Gesicht küßt. Hübsches Gesicht, weiche Haut, hübsche Farbe – nich gelb wie meine. Aber meine Schwester ist sie doch …«

Am Ende des Weges, weit genug, daß man von dem Haus weder etwas sah noch hörte, blieb ich stehen. Die Welt war der Hitze und den Fliegen überlassen, das Licht blendete mich nun, als ich sein kleines dunkles Zimmer verlassen hatte. Eine schwarz-weiße Ziege, die in der Nähe angepflockt war, starrte mich an, und minutenlang, so schien mir, starrte auch ich in ihre schrägen, gelbgrünen Augen. Dann ging ich zu dem Baum, wo ich mein Pferd gelassen hatte, und ritt fort, so rasch ich konnte.

Das Fernrohr war auf die eine Seite des Tisches geschoben worden, um einer halb mit Rum gefüllten Karaffe und zwei Gläsern auf einem angelaufenen Silbertablett Platz zu machen. Ich lauschte den unaufhörlichen nächtlichen Geräuschen draußen und sah zu, wie die Prozession kleiner Nachtfalter und Käfer in die Kerzenflammen flog, dann schenkte ich mir ein Glas Rum ein und stürzte es hinunter. Auf der Stelle traten die Nachtgeräusche zurück, klangen gedämpft, erträglich, sogar angenehm.

»Willst du mir in Gottes Namen zuhören?« sagte Antoinette. Das hatte sie schon einmal gesagt, und ich hatte nicht geantwortet, nun sagte ich zu ihr:

»Selbstverständlich. Ich wäre das Ungeheuer, für das du mich zweifellos hältst, wenn ich es nicht täte.«

»Warum haßt du mich?« sagte sie.

»Ich hasse dich nicht, ich mache mir große Sorgen um dich, ich bin beunruhigt«, sagte ich. Aber das war falsch, ich war nicht beunruhigt, ich war gelassen, zum erstenmal seit vielen Tagen war ich ruhig und beherrscht.

Sie trug das weiße Kleid, das ich immer bewundert hatte, doch sie hatte es nachlässig über die Schulter gleiten lassen, und es sah aus, als wäre es ihr zu weit. Ich beobachtete, wie sie das linke Handgelenk mit der rechten Hand umfaßt hielt, eine Angewohnheit, die mich irritierte.

»Warum kommst du dann nie in meine Nähe?« sagte sie. »Und küßt mich nicht und sprichst nicht mit mir? Warum glaubst du, daß ich das ertragen kann, was für einen Grund hast du, mich so zu behandeln? Hast du irgendeinen Grund?«

»Ja«, sagte ich, »ich habe einen Grund«, und fügte ganz leise hinzu: »Mein Gott.«

»Immer rufst du Gott an«, sagte sie. »Glaubst du an Gott?«

»Selbstverständlich glaube ich an die Macht und Weisheit meines Schöpfers.«

Sie hob die Augenbrauen, und ihre Mundwinkel verzogen sich fragend, spöttisch. Einen Augenblick lang sah sie Amélie sehr ähnlich. Vielleicht sind sie verwandt, dachte ich. Das ist möglich, das ist sogar wahrscheinlich in dieser gottverdammten Gegend.

»Und du«, sagte ich. »Glaubst du an Gott?«

»Es spielt keine Rolle«, sagte sie ruhig, »was ich glaube oder was du glaubst, denn es liegt nicht bei uns, wir sind wie diese da.« Sie schnippte einen toten Falter vom Tisch. »Aber vergiß nicht, ich habe dich etwas gefragt. Willst du mir darauf antworten?«

Ich nahm noch einen Schluck, und mein Kopf war kühl und klar.

»Ausgezeichnet, aber eine Frage ist die andere wert. Lebt deine Mutter noch?«

»Nein, sie ist tot, sie ist gestorben.«

»Wann?«

»Es ist noch nicht lange her.«

»Warum hast du mir dann erzählt, sie sei gestorben, als du noch klein warst?«

»Weil man mir befohlen hat, das zu sagen, und weil es wahr ist. Sie ist wirklich gestorben, als ich ein Kind war. Es gibt immer zwei Arten von Tod, den richtigen und den, von dem die Leute erfahren.«

»Zumindest nur zwei«, sagte ich, »für die, die Glück haben.« Wir schwiegen einen Augenblick, dann fuhr ich fort: »Ich habe einen Brief bekommen von einem Mann, der sich Daniel Cosway nennt.«

»Er hat kein Recht auf diesen Namen«, sagte sie rasch. »Sein richtiger Name, wenn er überhaupt einen hat, ist Daniel Boyd. Er haßt alle Weißen, aber mich haßt er am meisten. Er erzählt Lügen über uns, und er ist sich sicher, daß du ihm glauben wirst und die andere Seite nicht anhörst.«

113

»Gibt es eine andere Seite?« fragte ich.

»Es gibt immer eine andere Seite, immer.«

»Nach seinem zweiten Brief, in dem er mir drohte, habe ich es für das beste gehalten, ihn aufzusuchen.«

»Du warst also bei ihm«, sagte sie. »Ich weiß, was er dir erzählt hat. Daß meine Mutter verrückt war und eine verrufene Frau und daß mein kleiner Bruder, der gestorben ist, von Geburt an schwachsinnig, ein Idiot war und daß auch ich verrückt bin. Das hat er dir erzählt, nicht wahr?«

»Ja, das war seine Geschichte, und ist etwas Wahres daran?« fragte ich kühl und ruhig.

Eine der Kerzen flackerte auf, und ich sah die Schatten unter ihren Augen, die nach unten verzogenen Mundwinkel, ihr schmales, angespanntes Gesicht.

»Wir wollen jetzt nicht darüber sprechen«, sagte ich. »Ruh dich aus heute abend.«

»Aber wir müssen darüber sprechen.« Ihre Stimme war hoch und schrill.

»Nur wenn du versprichst, vernünftig zu sein.«

Aber das ist nicht der Ort und nicht die Zeit, dachte ich; nicht hier auf der langen dunklen Veranda, beim schwachen Licht der Kerzen und der Nacht da draußen, die uns beobachtet und uns zuhört. »Nicht heute abend«, wiederholte ich. »Ein andermal.«

»Vielleicht werde ich es dir nie an einem anderen Ort und zu einer anderen Zeit sagen können. Zu keiner anderen Zeit, jetzt. Hast Angst?« sagte sie und ahmte dabei den singenden, unverschämten Tonfall der Neger nach.

Dann sah ich, daß sie zitterte, und mir fiel ein, daß sie einen gelben Seidenschal getragen hatte. Ich stand auf (mein Kopf so klar und kühl, mein Leib so beladen und schwer). Der Schal lag auf einem Stuhl im Zimmer nebenan, es waren Kerzen auf der Anrichte, und ich brachte sie mit auf die Veranda, zündete zwei davon an und legte ihr den Schal um die Schultern. »Aber warum erzählst du's mir nicht morgen, bei Tageslicht?«

»Du hast kein Recht«, sagte sie wild. »Du hast kein Recht, nach meiner Mutter zu fragen und dann meine Antwort nicht anhören zu wollen.«

»Natürlich werde ich dir zuhören, natürlich können wir jetzt reden, wenn es das ist, was du wünschst.« Doch der Eindruck von etwas Unbekanntem und Feindlichem war sehr stark. »Ich fühle mich hier sehr fremd«, sagte ich. »Ich habe das Gefühl, daß dieser Ort mein Feind ist und dein Verbündeter.«

»Du hast ganz und gar unrecht«, sagte sie. »Er ist weder auf meiner noch auf deiner Seite. Er hat mit keinem von uns etwas zu tun. Deshalb fürchtest du dich auch davor, weil er etwas anderes ist. Das habe ich vor langer Zeit gemerkt, als ich noch ein Kind war. Ich liebte ihn, weil ich nichts anderes zu lieben hatte, aber er ist so gleichgültig wie dieser Gott, den du so oft anrufst.«

»Wir können hier oder anderswo reden«, sagte ich. »Ganz wie du willst.«

Die Karaffe mit Rum war fast leer, und so ging ich noch einmal ins Eßzimmer und brachte eine weitere Flasche mit. Sie hatte nichts gegessen und den Wein abgelehnt, nun schenkte sie sich ein Glas ein, führte es an die Lippen und stellte es wieder hin.

»Du willst wissen, was mit meiner Mutter war, ich werde dir von ihr erzählen, die Wahrheit, nicht die Lügen.« Dann schwieg sie so lange, daß ich freundlich sagte: »Ich weiß, daß sie nach dem Tod deines Vaters sehr einsam und unglücklich gewesen ist.«

»Und sehr arm«, sagte sie. »Vergiß das nicht. Fünf Jahre lang. Das sagt sich so schnell. Aber wie lang ist diese Zeit, wenn man sie lebt. Und wie einsam. Sie war so einsam, daß sie sich von den anderen Leuten allmählich entfernte. So etwas kann vorkommen. Es ging auch mir so, aber für mich war es leichter, denn ich konnte mich kaum an etwas anderes erinnern. Für sie war es fremd und erschreckend. Und sie war doch so schön. Ich dachte immer, daß sie jedesmal, wenn sie in den Spiegel sah, sich falsche Hoffnungen machen mußte. Auch ich machte mir etwas vor. Andere Dinge natürlich. Man kann sich lange Zeit etwas vormachen, aber eines Tages fällt alles zusammen, und man ist allein. Wir waren allein am schönsten Ort auf der Welt, es ist nicht möglich, daß es irgendwo anders so schön ist wie in Coulibri. Das Meer war nicht weit, doch wir hörten es nie, wir hörten immer nur den Fluß. Das Meer nie. Es war ein Haus aus der alten Zeit, und früher hatte es dort eine Allee von Königspalmen gegeben, aber viele davon waren umgefallen, andere waren gefällt worden, und die, die übriggeblieben waren, wirkten verloren. Verlorene Bäume. Dann vergifteten sie ihr Pferd, und sie konnte nicht mehr ausreiten. Sie arbeitete im Garten, auch wenn die Sonne brannte, und dann sagten sie immer: ›Geh jetzt rein, Madam.‹«

»Und wer waren *sie*?«

»Christophine war bei uns, und Godfrey, der alte Gärtner, ist dageblieben, und ein Junge, ich hab' seinen Namen vergessen. Ach ja«, sie lachte. »Sein Name war Desaster, weil seine Patin das Wort so hübsch gefunden hatte. Der Pfarrer sagte: ›Ich kann dieses Kind nicht Desaster taufen, es muß einen anderen Namen haben‹, und so hieß er denn Desaster Thomas, wir nannten ihn Sass. Christophine war's, die im Dorf für uns das Essen einkaufte und ein paar Mädchen dazu brachte, daß sie ihr beim Putzen und Waschen halfen. Wir wären gestorben, sagte meine Mutter immer, wenn sie nicht bei uns geblieben wäre. Viele sind damals gestorben, Weiße genauso wie Schwarze, besonders die älteren Leute, aber keiner spricht heute mehr von dieser Zeit. Man hat sie vergessen, nur die Lügen nicht. Lügen werden nie vergessen, sie bleiben, und sie wachsen.«

»Und du«, sagte ich. »Was war mit dir?«

»Ich war am Morgen nie traurig«, sagte sie, »und jeder Tag war für mich ein neuer Tag. Ich erinnere mich an den Geschmack der Milch und des Brots und an das Geräusch der Standuhr, die ganz langsam tickte, und an das erste

Mal, als mein Haar mit Schnur zusammengebunden wurde, weil keine Bänder mehr da waren und kein Geld, um welche zu kaufen. Alle Blumen auf der Welt waren in unserem Garten, und manchmal, wenn ich Durst hatte, leckte ich nach einem kurzen Regenschauer die Tropfen von den Jasminblättern. Wenn ich dir das alles nur zeigen könnte – denn sie haben es zerstört, und jetzt ist es nur noch hier.« Sie schlug sich an die Stirn. »Etwas vom Schönsten war eine geschwungene Treppe mit flachen Stufen, die vom Glacis bis zum Trittstein führte, das Geländer war aus verschnörkeltem Eisen.«

»Aus Schmiedeeisen«, sagte ich.

»Ja, aus Schmiedeeisen, und am Ende der letzten Stufe war es geschwungen wie ein Fragezeichen, und wenn ich meine Hand darauf legte, war das Eisen warm, und ich war getröstet.«

»Aber du hast gesagt, du seist immer glücklich gewesen.«

»Nein, ich sagte, daß ich am Morgen immer glücklich war, am Nachmittag nicht immer und nie nach Sonnenuntergang, denn nach Sonnenuntergang spukte es im Haus, das ist an manchen Orten so. Dann kam der Tag, an dem sie entdeckte, daß ich aufwuchs wie ein weißer Nigger, und sie schämte sich für mich, und von diesem Tag an war alles anders. Ja, ich war schuld, ich war schuld daran, daß sie anfing, wie besessen, wie im Fieber Pläne zu machen, sich abzumühen, um unser Leben zu ändern. Dann kamen wieder Leute zu uns, und obwohl ich sie noch immer haßte und mich vor ihren kalten, spöttischen Augen fürchtete, lernte ich, mir nichts anmerken zu lassen.«

»Nein«, sagte ich.

»Warum nein?«

»Du hast nie gelernt, dir nichts anmerken zu lassen«, sagte ich.

»Ich hab' gelernt, es zu versuchen«, sagte Antoinette.

Nicht besonders gut, dachte ich.

»Und dann kam die Nacht, in der sie es zerstörten.« Sie lehnte sich in ihrem Stuhl zurück, sehr blaß. Ich schenkte ihr ein wenig Rum ein und reichte ihr das Glas, doch sie stieß es so heftig zur Seite, daß es sich über ihr Kleid ergoß. »Jetzt ist nichts mehr davon übrig. Sie sind darauf herumgetrampelt. Es war ein heiliger Ort. Er war der Sonne heilig!« Ich begann mich zu fragen, wieviel von alldem wahr sein mochte, was Einbildung, was entstellt war. Gewiß waren viele der alten Herrenhäuser abgebrannt. Überall sah man Ruinen.

Als hätte sie meine Gedanken erraten, fuhr sie ruhig fort: »Aber ich war dabei, dir von meiner Mutter zu erzählen. Danach bekam ich Fieber. Ich war im Haus von Tante Cora in Spanish Town. Ich hörte Schreie und dann, wie jemand ganz laut lachte. Am nächsten Morgen sagte mir Tante Cora, daß meine Mutter krank sei und aufs Land gegangen war. Das kam mir nicht merkwürdig vor, denn sie war ein Teil von Coulibri, und wenn Coulibri zerstört worden und aus meinem Leben verschwunden war, schien es natürlich, daß auch sie verschwand. Ich war lange Zeit krank. Ich trug einen Verband um den Kopf, weil jemand einen Stein nach mir geworfen hatte. Tante Cora sagte mir, es würde verheilen und mir meinen Hochzeitstag nicht verderben. Aber ich glaube, daß es mir meinen Hochzeitstag doch verdorben hat und alle anderen Tage und Nächte.«

Ich sagte: »Antoinette, deine Nächte sind nicht verdorben worden und auch nicht deine Tage. Vergiß die traurigen Dinge. Denk nicht darüber nach, und dann wird nichts verdorben sein, das verspreche ich dir.«

Aber mein Herz war schwer wie Blei.

»Pierre starb«, fuhr sie fort, als hätte sie mich nicht gehört, »und meine Mutter haßte Mr. Mason. Sie duldete nicht, daß er in ihre Nähe kam oder sie berührte. Sie sagte, sie würde ihn umbringen, sie hat es auch versucht, glaube ich. Da kaufte er ihr ein Haus, stellte zwei Farbige ein, einen Mann und eine Frau, die sich um sie kümmerten. Eine Weile war er traurig, aber er fuhr oft von Jamaika weg und verbrachte lange Zeit auf Trinidad. Fast vergaß er sie ganz.«

»Und du hast sie auch vergessen«, sagte ich unwillkürlich.

»Ich bin nicht jemand, der vergißt«, sagte Antoinette. »Doch sie – sie wollte mich nicht haben. Sie stieß mich weg und weinte, wenn ich sie besuchte. Sie sagten zu mir, es ginge ihr nur noch schlechter, wenn ich kam. Die Leute redeten über sie, sie ließen sie nicht in Ruhe, sie redeten über sie und hörten auf, wenn sie mich sahen. Einmal beschloß ich, zu ihr zu gehen, aber allein. Als ich an ihr Haus kam, hörte ich sie weinen. Ich dachte, ich bringe jeden um, der meiner Mutter weh tut. Ich stieg vom Pferd und rannte schnell auf die Veranda; von dort aus konnte ich in das Zimmer sehen. Ich erinnere mich noch an das Kleid, das sie trug – ein tief ausgeschnittenes Abendkleid, und sie war barfuß. Ein dicker schwarzer Mann stand da mit einem Glas Rum in der Hand. Er sagte: ›Trink das, und du wirst alles vergessen.‹ Sie trank es in einem Zug aus. Er goß ihr noch einmal ein, und sie nahm das Glas und lachte und warf es über die Schulter. Es zersprang in Stücke. ›Räum es weg‹, sagte der Mann zu der Frau, ›sonst tritt sie drauf.‹ ›Wär gar nich so schlecht, wenn sie drauftritt‹, sagte die Frau. ›Vielleicht gibt sie dann Ruhe.‹ Sie brachte jedoch Schaufel und Besen und fegte das zerbrochene Glas zusammen. Das alles sah ich. Meine Mutter sah die beiden nicht an. Sie ging auf und ab und sagte: ›Das ist aber eine angenehme Überraschung, Mr. Luttrell. Godfrey, kümmere dich um Mr. Luttrells Pferd.‹ Dann schien sie müde zu werden und setzte sich in den Schaukelstuhl. Ich sah, wie der Mann sie zu sich hoch zog und sie küßte. Ich sah, wie sein Mund sich auf ihren heftete, und sie wurde ganz nachgiebig und schlaff in seinen Armen, und er lachte. Auch die Frau lachte, aber sie war zornig. Als ich das sah, rannte ich weg. Christophine erwartete mich, als ich weinend zurückkam. ›Warum mußt du da auch hingehn?‹ sagte sie, und ich sagte: ›Sei du still, du Teufel, du verdammter schwarzer Teufel aus der Hölle.‹ Christophine sagte: ›Ai, ai, ai, was ist nur in dich gefahren?‹«

Nach einem langen Schweigen hörte ich sie sagen, als spreche sie zu sich selbst: »Ich habe alles gesagt, was ich sagen will. Ich habe versucht, es dir begreiflich zu machen. Aber nichts ist anders geworden.« Sie lachte.

»Lach doch nicht so, Bertha.«

»Ich heiße nicht Bertha; warum nennst du mich Bertha?«

»Weil es ein Name ist, den ich besonders mag. Du bist für mich Bertha.«

»Das hat nichts zu sagen«, sagte sie.

Ich sagte: »Als du weggingst heute morgen, wohin bist du da gegangen?«

»Ich ging zu Christophine«, sagte sie. »Ich sage dir alles, was du wissen willst, aber in wenigen Worten, denn Worte nützen nichts, das weiß ich jetzt.«

»Warum bist du zu ihr gegangen?«

»Ich ging, um sie zu bitten, etwas für mich zu tun.«

»Und hat sie es getan?«

»Ja.« Wieder ein langes Schweigen.

»Du wolltest sie um Rat bitten, war es das?«

Sie antwortete nicht.

»Was hat sie gesagt?«

»Sie hat gesagt, ich sollte weggehen – dich verlassen.«

»Ach wirklich?« sagte ich überrascht.

»Ja, das hat sie mir geraten.«

»Ich will das tun, was für uns beide das beste ist«, sagte ich. »So vieles von dem, was du mir erzählst, ist merkwürdig, anders als das, was ich erwarten mußte. Meinst du nicht, daß Christophine vielleicht recht hat? Daß es das klügste wäre, was wir tun könnten, wenn du für eine Weile von hier weggingst oder wenn ich ginge – was du lieber willst, natürlich.« Dann sagte ich scharf: »Bertha, schläfst du, ist dir nicht wohl, warum antwortest du mir

120

nicht?« Ich stand auf, ging hinüber zu ihrem Stuhl und nahm ihre kalten Hände in die meinen. »Wir sind hier lange genug gesessen, es ist sehr spät.«

»Geh du«, sagte sie. »Ich möchte hier im Dunkeln bleiben ... wo ich hingehöre«, fügte sie hinzu.

»Ach, Unsinn!« Ich legte die Arme um sie und wollte ihr beim Aufstehen helfen, ich küßte sie, doch sie entzog sich mir.

»Dein Mund ist kälter als meine Hände«, sagte sie. Ich versuchte zu lachen. Im Schlafzimmer schloß ich die Läden. »Schlaf jetzt, morgen sprechen wir über alles.«

»Ja«, sagte sie, »natürlich, aber kommst du noch und sagst mir gute Nacht?«

»Gewiß, meine liebe Bertha.«

»Nicht Bertha, heute nacht nicht«, sagte sie.

»Doch, gerade heute nacht mußt du Bertha sein.«

»Wie du willst«, sagte sie.

Als ich in ihr Zimmer trat, bemerkte ich das Pulver, das auf den Boden gestreut war. Das war das erste, wonach ich sie fragte – nach dem Pulver. Ich fragte, was es sei. Sie sagte, es sei dazu da, Kakerlaken fernzuhalten.

»Hast du nicht gemerkt, daß es in diesem Haus keine Kakerlaken und keine Tausendfüßler gibt? Wenn du wüßtest, wie schrecklich diese Dinger sein können.«

Sie hatte alle Kerzen angezündet, und das Zimmer war voller Schatten. Sechs standen auf dem Toilettentisch und drei auf dem Tisch neben ihrem Bett. Das Licht veränderte sie. Nie hatte ich sie so fröhlich und so schön gesehen. Sie schenkte Wein in zwei Gläser und reichte mir das eine, aber ich schwöre, noch bevor ich trank, sehnte ich mich danach, mein Gesicht in ihrem Haar zu vergraben, so wie ich es früher getan hatte. Ich sagte: »Wir lassen uns von Gespenstern beunruhigen. Warum sollten wir nicht glücklich sein?« Sie sagte: »Auch Christophine versteht sich auf Gespenster, doch sie nennt sie nicht so.«

Sie hätte das nicht zu tun brauchen, was sie mir antat. Das werde ich immer beschwören, sie hätte es nicht zu tun brauchen. Als sie mir das Glas reichte, lächelte sie. Ich erinnere mich, daß ich mit einer Stimme, die nicht wie meine eigene klang, sagte, es sei zu hell. Ich erinnere mich, daß ich die Kerzen auf dem Tisch neben dem Bett löschte, und das ist alles, woran ich mich erinnere. Alles, was ich von dieser Nacht in Erinnerung behalten will.

Ich erwachte im Dunkeln, nachdem ich geträumt hatte, ich sei lebendig begraben, und als ich wach war, hatte ich noch immer das Gefühl, ich erstickte. Etwas lag auf meinem Mund; Haare, die süß und stark dufteten. Ich schob sie heftig zur Seite, aber noch immer konnte ich nicht atmen. Ich schloß die Augen und lag einige Sekunden lang da, ohne mich zu rühren. Als ich die Augen aufschlug, sah ich die herabgebrannten Kerzen auf dem gräßlichen Toilettentisch, und dann wußte ich, wo ich war. Die Tür zur Veranda stand offen, und die Luft wehte so kalt, daß mir bewußt wurde, es mußte ganz früh am Morgen sein, vor Tagesanbruch. Auch mir war kalt, eine tödliche Kälte, und mir war übel und ich hatte Schmerzen. Ich erhob mich, ohne zu ihr hinzusehen, ging schwankend in mein Ankleidezimmer und erblickte mich im Spiegel. Ich sah sofort weg. Ich konnte mich nicht übergeben. Es würgte mich nur schmerzhaft.

Ich dachte, ich bin vergiftet worden. Doch es war ein undeutlicher Gedanke, wie wenn ein Kind ein Wort buchstabiert, das es nicht lesen kann und das auch dann, wenn es dazu imstande wäre, ohne Bedeutung und Zusammenhang bliebe. Mir war so schwindlig, daß ich mich nicht auf den Beinen halten konnte, und ich fiel rückwärts auf das Bett; ich betrachtete die Bettdecke, die von einem eigentümlichen Gelb war. Nachdem ich sie eine Weile betrachtet hatte, brachte ich es fertig, zum Fenster zu gehen und mich zu übergeben. Es schien Stunden zu dauern, bis es aufhörte. Ich lehnte mich wieder gegen die Wand und wischte mir das Gesicht ab, dann kamen das Würgen und die Übelkeit wieder. Als es vorüber war, legte ich mich aufs Bett, zu schwach, um mich rühren zu können.

Nie in meinem Leben hat mich etwas mehr Anstrengung gekostet. Ich sehnte mich nur noch danach, liegenzubleiben und zu schlafen, doch ich zwang mich zum Aufstehen. Ich fühlte mich schwach und schwindlig, aber mir war nicht mehr übel, und ich hatte keine Schmerzen mehr. Ich zog meinen Morgenrock an und schüttete mir Wasser übers Gesicht, dann öffnete ich die Tür zu ihrem Zimmer.

Sie lag da im kalten Licht, und ich betrachtete die traurig nach unten verzogenen Lippen, die Kerbe zwischen ihren dichten Augenbrauen, tief, wie mit dem Messer eingeritzt. Während ich sie betrachtete, bewegte sie sich und streckte ihren einen Arm zur Seite. Ich dachte kalt, ja, wirklich schön, das schmale Handgelenk, die anmutige Wölbung des Unterarms, der runde Ellbogen, die Kurve der Schulter zum Oberarm hin. Alles war vorhanden, alles war makellos. Während ich sie haßerfüllt beobachtete, glättete sich ihr Gesicht wieder, und sie sah sehr jung aus, sie schien sogar zu lächeln. Eine Laune des Lichts vielleicht. Was sonst?

Sie kann jeden Augenblick aufwachen, sagte ich mir. Ich muß mich beeilen. Ihr zerissenes Hemd lag auf dem Boden, ich zog das Laken über sie, behutsam, als deckte ich es über eine Tote. Eines der Gläser war leer, sie hatte ihres ausgetrunken. In dem anderen, das auf dem Toilettentisch stand, war noch ein wenig Wein. Ich tunkte den Finger ein und kostete. Es schmeckte bitter. Ohne sie noch einmal anzusehen, trat ich mit dem Glas auf die Veranda. Hilda stand da, einen Besen in der Hand. Ich legte einen Finger an die Lippen, und sie sah mich mit riesengroßen Augen an, ahmte mich dann nach, indem sie gleichfalls den Finger an die Lippen legte.

Sobald ich angekleidet war und das Haus verlassen hatte, begann ich zu rennen.

Ich erinnere mich nicht mehr genau an jenen Tag, weiß

nicht mehr, wohin ich rannte oder ob ich stürzte oder weinte oder erschöpft dalag. Doch schließlich war ich in die Nähe des verfallenen Hauses und des wilden Orangenbaums gelangt. Hier muß ich geschlafen haben, den Kopf auf die Arme gelegt, und als ich erwachte, war es schon spät, und der Wind war eisig. Ich stand auf und fand den Weg zurück zu dem Pfad, der zum Haus führte. Ich wußte jetzt, wie ich jede Schlingpflanze umgehen konnte, und ich stolperte kein einziges Mal. Ich ging in mein Ankleidezimmer, und falls ich an irgend jemand vorüberging, so sah ich ihn nicht, und falls jemand etwas sagte, hörte ich ihn nicht.

Auf dem Tisch stand ein Tablett mit einem Krug Wasser, einem Glas und einigen Fischkuchen. Ich trank den Krug fast leer, denn ich war sehr durstig, aber das Essen ließ ich unberührt stehen. Ich setzte mich aufs Bett und wartete, denn ich wußte, daß Amélie kommen würde, und ich wußte, was sie sagen würde: »Tust mir leid.«

Sie kam geräuschlos auf nackten Füßen. »Ich hol dir was zu essen«, sagte sie. Sie brachte ein kaltes Huhn, Brot, Obst und eine Flasche Wein, und ich trank ein Glas, ohne etwas zu sagen, dann noch eines. Sie schnitt ein Stück von dem Huhn ab, setzte sich neben mich und fütterte mich, als sei ich ein Kind. Ihr Arm hinter meinem Kopf war warm, doch die Außenseite war kühl, beinahe kalt, als ich sie berührte. Ich sah in ihr anmutiges, ausdrucksloses Gesicht, richtete mich auf und schob den Teller zur Seite.

Da sagte sie: »Tust mir leid.«

»Das hast du mir schon einmal gesagt, Amélie. Kennst du nur dieses eine Lied?«

Ein fröhliches Funkeln war in ihren Augen, doch als ich lachte, legte sie mir besänftigend die Hand auf den Mund. Ich zog sie zu mir nieder, und wir lachten beide. Das ist mir von dieser Begegnung am deutlichsten in Erinnerung. Sie war so fröhlich, so ungezwungen,

und etwas von dieser Fröhlichkeit muß sie auf mich über-
tragen haben, denn ich hatte keinen Augenblick lang Ge-
wissensbisse. Auch wollte ich nicht wissen, was hinter
der dünnen Wand vor sich ging, die uns vom Schlafzimmer meiner Frau trennte.

Am Morgen hatte ich natürlich andere Gefühle.

Noch eine Schwierigkeit. Ihre Haut war dunkler, ihre
Lippen waren breiter, als ich gedacht hatte.

Sie schlief tief und ruhig, doch ihre Augen waren ganz
klar, als sie sie öffnete, und gleich darauf unterdrückte sie
ein Lachen. Ich fühlte mich zufrieden und ruhig, doch
nicht fröhlich, so wie sie, nein, bei Gott, nicht so fröhlich. Ich hatte nicht im geringsten den Wunsch, sie zu
berühren, und sie spürte es, denn sie stand sofort auf und
begann sich anzuziehen.

»Ein sehr hübsches Kleid«, sagte ich, und sie zeigte mir,
auf wie viele Arten man es tragen konnte, auf dem Boden
schleifend, gerafft, um einen Spitzenunterrock zu zeigen,
oder bis weit übers Knie hinauf geschürzt.

Ich sagte ihr, ich würde die Insel bald verlassen, doch
bevor ich ginge, wolle ich ihr etwas schenken. Es war ein
großzügiges Geschenk, doch sie nahm es ohne ein Wort
des Dankes und mit ausdruckslosem Gesicht. Als ich sie
fragte, was sie nun machen wolle, sagte sie: »Schon lange
weiß ich, was ich machen will, und ich weiß, daß ich's
hier nich krieg.«

»Du bist schön genug, um alles zu bekommen, was du
willst«, sagte ich.

»Ja«, sagte sie zustimmend. »Aber nich hier.«

Offenbar wollte sie zu ihrer Schwester, die Schneiderin
in Demerara war, aber sie wollte nicht in Demerara bleiben, sagte sie. Sie wollte nach Rio gehen. Es gab reiche
Männer in Rio.

»Und wann willst du mit alldem anfangen?« sagte ich
amüsiert.

»Jetzt fang ich an.« Sie würde mit einem Fischerboot
von Massaker aus in die Stadt fahren.

Ich lachte und neckte sie. Sie lief weg vor der alten Frau, vor Christophine, sagte ich.

Sie lächelte nicht, als sie antwortete: »Ich trag niemand nichts nach, aber ich bleib nich hier.«

Ich fragte sie, wie sie nach Massaker kommen wollte. »Brauch kein Pferd und kein Esel«, sagte sie. »Meine Beine sind kräftig genug, die bringen mich hin.«

Als sie ging, konnte ich nicht anders, ich sagte zu ihr, halb sehnsüchtig, halb triumphierend: »Nun, Amélie, tu ich dir noch immer leid?«

»Ja«, sagte sie. »Tust mir leid. Aber ich find in meinem Herzen, daß mir's auch leid tut um sie.«

Behutsam schloß sie die Tür. Ich lag da und wartete auf das Geräusch, von dem ich wußte, daß ich es hören würde, das Klappern der Pferdehufe, wenn meine Frau fortreiten würde.


Ich drehte mich um und schlief, bis mich Baptiste mit dem Kaffee weckte. Sein Gesicht war düster.

»Die Köchin geht weg«, verkündete er.

»Warum?«

Er zuckte die Schultern und drehte die Handflächen nach oben.

Ich stand auf, blickte aus dem Fenster und sah sie aus der Küche kommen, eine stämmige Frau. Sie konnte nicht Englisch, oder behauptete es zumindest. Daran dachte ich nicht, als ich sagte: »Ich muß mit ihr sprechen. Was ist das riesige Bündel, das sie auf dem Kopf trägt?«

»Ihre Matratze«, sagte Baptiste. »Sie kommt noch einmal und holt den Rest. Hat keinen Sinn, mit ihr zu sprechen. Sie will in diesem Haus nicht bleiben.«

Ich lachte.

»Gehst du auch weg?«

»Nein«, sagte Baptiste. »Ich bin hier der Aufseher.«

Mir fiel auf, daß er weder »Sir« noch »Master« zu mir sagte.

»Und das kleine Mädchen, Hilda?«

»Hilda tut das, was ich ihr sag. Sie bleibt.«

»Ausgezeichnet«, sagte ich. »Warum siehst du dann so beunruhigt aus? Deine Madam kommt bald zurück.«

Er zuckte wieder die Schultern und murmelte vor sich hin, doch ob er etwas über meine Moral sagte oder über die Mehrarbeit, die ihm bevorstand, konnte ich nicht verstehen, denn er murmelte auf patois.

Ich ließ ihn eine von den Hängematten der Veranda unter den Zedern aufhängen, und dort verbrachte ich den Rest des Tages.

Baptiste kümmerte sich um die Mahlzeiten, doch er lächelte selten und sprach nie, außer, wenn er auf eine Frage antwortete. Meine Frau kam nicht zurück. Und doch fühlte ich mich weder einsam noch unglücklich. Sonne, Schlaf und das kalte Wasser des Flusses waren mir genug. Am dritten Tag schrieb ich einen vorsichtigen Brief an Mr. Fraser.

Ich sagte ihm, ich trüge mich mit dem Gedanken, ein Buch über Obeah zu schreiben, und hätte mich an den Fall erinnert, mit dem er zu tun gehabt habe. Hatte er eine Ahnung, wo sich diese Frau jetzt befinden mochte? War sie noch auf Jamaika?

Dieser Brief wurde von dem Boten hinuntergebracht, der zweimal in der Woche kam, und Mr. Fraser mußte sofort geschrieben haben, denn ich erhielt seine Antwort wenige Tage später:

*Ich habe oft an Ihre Frau und an Sie gedacht und war im Begriff, Ihnen zu schreiben. In der Tat habe ich den Fall nicht vergessen. Die betreffende Frau hieß Josephine oder Christophine Dubois oder ähnlich, und sie hatte zur Dienerschaft der Cosways gehört. Nachdem sie aus dem Gefängnis entlassen worden war, verschwand sie, doch war es allgemein bekannt, daß der alte Mr. Mason sich ihrer annahm. Ich hörte, daß sie in der Nähe von Granbois ein kleines Haus und ein Stück Land besaß, das ihr vielleicht auch geschenkt wurde. Sie ist auf ihre*

*Art intelligent und kann sich gut ausdrücken, doch sie gefiel mir gar nicht, und ich halte sie für eine äußerst gefährliche Person. Meine Frau beteuerte, sie sei nach Martinique, ihrer Heimatinsel, zurückgegangen, und war sehr bestürzt, weil ich die Sache auch noch so ausführlich erwähnt hatte. Zufällig weiß ich nun, daß sie nicht nach Martinique zurückgekehrt ist, und so habe ich sehr diskret an Mr. Hill geschrieben, den weißen Polizeiinspektor in Ihrer Stadt. Falls sie in Ihrer Nähe lebt und irgendeine ihrer dummen Geschichten ausheckt, lassen Sie es ihn sofort wissen. Er wird ein paar Polizisten zu Ihnen hinaufschicken, und diesmal wird sie nicht so leicht davonkommen. Dafür stehe ich ein ...*

Soviel also zu dir, Josephine oder Christophine, dachte ich. Soviel zu dir, Pheena.

Es war jene halbe Stunde nach Sonnenuntergang, die blaue halbe Stunde, nannte ich sie für mich. Der Wind legt sich, das Licht ist sehr schön, die Berge sind scharf umrissen, jedes Blatt auf jedem Baum hebt sich klar und deutlich ab. Ich saß in der Hängematte und sah mir alles genau an, als Antoinette herangeritten kam. Sie ging an mir vorbei, ohne mich anzusehen, stieg ab und verschwand im Haus. Ich hörte, wie die Tür zu ihrem Schlafzimmer zuschlug und die Handglocke heftig geläutet wurde. Baptiste kam die Veranda entlanggelaufen. Ich stieg aus der Hängematte und ging in das Wohnzimmer. Er hatte die Kommode geöffnet und eine Flasche Rum herausgenommen. Er goß etwas davon in eine Karaffe und stellte sie auf ein Tablett mit einem Glas darauf.

»Für wen ist das?« fragte ich. Er antwortete nicht.

»Keine Straße?« sagte ich und lachte.

»Ich will nichts von dem allem wissen«, sagte er.

»Baptiste«, rief Antoinette mit hoher Stimme.

»Ja, Madam.«

Er sah mir gerade in die Augen und trug das Tablett hinaus.

Und die alte Frau, ihren Schatten sah ich, bevor ich sie selbst sah. Auch sie ging an mir vorbei, ohne den Kopf zu wenden. Weder betrat sie Antoinettes Zimmer, noch sah sie hin. Sie ging die Veranda entlang, die Stufen auf der anderen Seite hinunter und in die Küche. In dieser kurzen Zeit war es dunkel geworden, und Hilda kam herein, um die Kerzen anzuzünden. Als ich sie ansprach, warf sie mir einen erschrockenen Blick zu und rannte weg. Ich öffnete die Kommode und betrachtete die Reihen von Flaschen darin. Da war der Rum, der einen in hundert Jahren umbringt, der Brandy, der rote und der weiße Wein, der vermutlich von St. Pierre herübergeschmuggelt worden war – dem Paris von Westindien. Ich entschied mich für Rum. Ja, er zerging mild auf der Zunge, ich wartete eine Sekunde auf die Explosion von Hitze und Helligkeit in meinem Körper, auf die Kraft und Wärme, die meinen Körper durchströmte. Dann versuchte ich, die Tür zu Antoinettes Zimmer aufzumachen. Sie gab nur ein wenig nach. Antoinette mußte irgendein Möbelstück davorgestellt haben, vermutlich den runden Tisch. Ich drückte noch einmal dagegen, und sie öffnete sich weit genug, daß ich sie sehen konnte. Sie lag rücklings auf dem Bett. Ihre Augen waren geschlossen, und sie atmete schwer. Das Laken hatte sie bis zum Kinn heraufgezogen. Auf einem Stuhl neben dem Bett waren die leere Karaffe, ein Glas mit etwas Rum darin und eine kleine Handglocke aus Messing.

Ich schloß die Tür und setzte mich mit aufgestützten Ellbogen an den Tisch, denn ich glaubte zu wissen, was geschehen würde und was ich zu tun hätte. Ich fand, daß es im Zimmer drückend heiß war, daher blies ich die meisten Kerzen aus und wartete im Halbdunkel. Dann trat ich hinaus auf die Veranda, um die Küchentür im Auge zu behalten, unter der Licht hervordrang.

129

Wenig später kam das kleine Mädchen heraus, gefolgt von Baptiste. Gleichzeitig wurde die Handglocke im Schlafzimmer geläutet, sie gingen beide in das Wohnzimmer, und ich folgte ihnen. Hilda zündete alle Kerzen an, rollte erschrocken die Augen und sah dabei zu mir her. Noch immer wurde geläutet.

»Schenk mir einen anständigen Schluck ein, Baptiste. Das ist genau das, was ich brauche.«

Er trat einen Schritt zurück und sagte: »Miss Antoinette –«

»Baptiste, wo bist du?« rief Antoinette. »Warum kommst du nicht?«

»Ich komm, so schnell ich kann«, sagte Baptiste. Doch als er nach der Flasche griff, nahm ich sie ihm aus der Hand. Hilda lief aus dem Zimmer. Baptiste und ich starrten uns an. Seine großen, vorstehenden Augen und die äußerste Verwirrung auf seinem Gesicht wirkten komisch.

Antoinette rief mit schriller Stimme vom Schlafzimmer her: »Baptiste! Christophine! Pheena! Pheena!«

»*Que komesse*«, sagte Baptiste. »Ich hol' Christophine.« Er rannte fast so schnell hinaus wie vor ihm das kleine Mädchen.

Die Tür von Antoinettes Zimmer öffnete sich. Als ich sie sah, konnte ich vor Entsetzen nicht sprechen. Das Haar hing ihr wirr und glanzlos bis in die entzündeten, starr blickenden Augen, ihr Gesicht war hochrot und geschwollen. Sie war barfuß. Als sie sprach, klang ihre Stimme jedoch leise, fast unhörbar.

»Ich habe geläutet, weil ich Durst hatte. Hat es denn keiner gehört?«

Bevor ich sie aufhalten konnte, stürzte sie zum Tisch und ergriff die Flasche mit Rum.

»Trink nicht mehr«, sagte ich.

»Und was für ein Recht hast du, mir zu sagen, was ich tun soll? Christophine«, rief sie noch einmal, doch ihre Stimme brach.

»Christophine ist eine böse alte Frau, und das weißt du so gut wie ich«, sagte ich. »Sie wird hier nicht mehr allzu lange sein.«

»Sie wird hier nicht mehr allzu lange sein«, äffte sie mich nach, »und du auch nicht, du auch nicht. Ich dachte, du magst die Schwarzen so gern«, sagte sie, immer noch mit dieser affektierten Stimme, »aber das ist genauso eine Lüge wie alles andere auch. Du magst die hellbraunen Mädchen mehr, stimmt's? Du hast die Pflanzer verurteilt und Geschichten über sie erfunden, aber du tust dasselbe. Du schickst das Mädchen schneller fort und gibst ihr kein Geld oder weniger Geld, das ist der ganze Unterschied.«

»Die Sklaverei hatte nichts mit Sympathie oder Antipathie zu tun«, sagte ich und versuchte, ruhig zu sprechen. »Es war eine Frage der Gerechtigkeit.«

»Gerechtigkeit«, sagte sie. »Das Wort hab' ich schon mal gehört. Ein kaltes Wort. Ich hab' es ausprobiert«, sagte sie und sprach immer noch mit leiser Stimme. »Ich hab' es aufgeschrieben. Ich hab' es ein paar Mal aufgeschrieben, und immer sah es für mich aus wie eine verdammte kalte Lüge. Es gibt keine Gerechtigkeit.« Sie trank wieder von dem Rum und sagte dann: »Meine Mutter, über die ihr euch den Mund zerreißt, was für eine Gerechtigkeit hat sie bekommen? Meine Mutter, die im Schaukelstuhl saß und über tote Pferde und tote Reitknechte sprach, und ein schwarzer Teufel war da, der ihren traurigen Mund küßte. So wie du meinen geküßt hast«, sagte sie.

Im Zimmer war es nun unerträglich heiß geworden. »Ich mach' das Fenster auf und lass' ein wenig Luft herein«, sagte ich.

»Dann wird auch die Nacht hereinkommen«, sagte sie, »und der Mond und der Duft jener Blumen, die du nicht leiden kannst.«

Als ich mich am Fenster umdrehte, sah ich sie wieder trinken.

»Bertha«, sagte ich.

»Ich heiße nicht Bertha. Du versuchst, eine andere aus mir zu machen, indem du mir einen anderen Namen gibst. Ich weiß, auch das ist Obeah.«

Tränen stürzten ihr aus den Augen.

»Wenn mein Vater, mein richtiger Vater, noch am Leben wäre, du hättest es nicht so eilig, hierher zurückzukommen, wenn er einmal mit dir abgerechnet hätte. Wenn er noch lebte. Weißt du, was du mir angetan hast? Es ist nicht wegen des Mädchens, nein, nicht wegen ihr. Aber ich habe dies alles hier geliebt, und du hast es in einen Ort verwandelt, den ich hasse. Ich habe immer geglaubt, wenn alles andere aus meinem Leben verschwindet, bleibt mir immer noch das hier, und nun hast du es zerstört. Jetzt ist es nur noch ein Ort mehr, an dem ich unglücklich war, und alles andere ist nichts im Vergleich zu dem, was hier geschehen ist. Ich hasse das hier nun genauso, wie ich dich hasse, und bevor ich sterbe, werde ich dir noch zeigen, wie sehr ich dich hasse.«

Dann hörte sie zu meiner Überraschung auf zu weinen und sagte: »Ist sie so viel hübscher als ich? Liebst du mich überhaupt nicht?«

»Nein, ich liebe dich nicht«, sagte ich (und gleichzeitig erinnerte ich mich an Amélie und wie sie fragte: Gefällt dir mein Haar? Ist es nicht hübscher als ihres?). »Nicht in diesem Augenblick«, sagte ich.

Darüber lachte sie. Ein verrücktes Lachen.

»Siehst du. So bist du. Wie ein Stein. Aber es geschieht mir recht, denn Tante Cora hat es mir ja gesagt: Heirate ihn nicht. Nicht einmal, wenn er mit Diamanten ausgestopft wäre. Und eine Menge anderer Dinge hat sie mir gesagt. Sprichst du von England, sagte ich, und was ist mit Großpapa, der sein Glas über die Wasserkaraffe hinwegreicht, und die Tränen laufen ihm übers Gesicht wegen all der Freunde, die tot sind und dahingegangen und die er nie mehr sehen wird? Das hat nichts mit England zu tun, soviel ich weiß, sagte sie. Im Gegenteil:

132

»A Benky foot and a Benky leg
For Charlie over the water,
Charlie, Charlie«,

sang sie mit heiserer Stimme. Und hob die Flasche, um
wieder zu trinken.

Ich sagte, und meine Stimme war nicht sehr ruhig:
»Nicht.«

Es gelang mir, mit der einen Hand ihr Handgelenk
festzuhalten und die Rumflasche mit der anderen, doch
als ich ihre Zähne in meinem Arm spürte, ließ ich die
Flasche fallen. Der Geruch erfüllte das Zimmer. Doch ich
war jetzt zornig, und das sah sie. Sie schleuderte eine
zweite Flasche gegen die Wand und stand da mit dem
zerbrochenen Glas in der Hand, Mord in den Augen.

»Rühr mich bloß noch einmal an. Dann wirst du
schnell sehen, ob ich ein verdammter Feigling bin wie
du.«

Dann beschimpfte sie mich, ohne etwas auszulassen,
meine Augen, meinen Mund, jedes Glied meines Kör-
pers, und es erschien mir wie ein Traum, das große kahle
Zimmer mit den flackernden Kerzen und diese Fremde
mit den roten Augen und dem wilden Haar, die meine
Frau war und die mich mit Unflätigkeiten überschüttete.
Und in diesem Augenblick, der wie ein Alptraum war,
hörte ich die ruhige Stimme Christophines.

»Halt du den Mund und sei still. Und wein nich. Weinen nützt bei ihm nichts. Hab's dir schon mal gesagt.
Weinen nützt nichts.«

Antoinette fiel auf das Sofa und schluchzte weiter.

Christophine sah mich an, und ihre kleinen Augen waren sehr traurig.

»Warum hast du das gesagt? Warum nimmst du nich
dieses nichtsnutzige Ding irgendwo anders hin? Aber sie
liebt das Geld, so wie du das Geld liebst – deshalb habt
ihr euch wohl zusammengetan. Gleich und gleich gesellt
sich gern.«

133

Ich konnte es nicht mehr ertragen, und wieder ging ich aus dem Zimmer und setzte mich auf die Veranda.

Mein Arm blutete und tat weh, und ich verband ihn mit meinem Taschentuch, doch es schien mir, als sei alles um mich her feindlich. Das Fernrohr zog sich zurück und sagte, rühr mich nicht an. Die Bäume waren beängstigend, und die Schatten der Bäume, die langsam über den Boden krochen, bedrohten mich. Diese grüne Bedrohung. Ich hatte sie gespürt, seit ich diesen Ort zum erstenmal gesehen hatte. Da war nichts, was ich kannte, nichts, was mich tröstete.

Ich lauschte. Christophine sprach mit sanfter Stimme. Meine Frau weinte. Dann schloß sich eine Tür. Sie waren ins Schlafzimmer gegangen. Jemand sang »Ma belle ka di«, oder war es das Lied von einem Tag und tausend Jahren. Doch was immer sie sangen oder sagten, war gefährlich. Ich mußte mich schützen. Ich ging geräuschlos die dunkle Veranda entlang. Ich konnte Antoinette auf dem Bett ausgestreckt sehen, ganz unbeweglich. Wie eine Puppe. Selbst als sie mich mit der Flasche bedroht hatte, hatte sie gewirkt wie eine Marionette. »Ti moun« hörte ich und »Doudou ché«, und der Zipfel eines Kopftuchs zeichnete sich wie ein Finger an der Wand ab. »Do do l'enfant do.« Während ich lauschte, wurde ich schläfrig und begann zu frieren.

Ich stolperte zurück in das große, von Kerzen erleuchtete Zimmer, das immer noch stark nach Rum roch. Trotzdem öffnete ich die Kommode und holte eine neue Flasche heraus. Ich hatte nur einen Gedanken, als Christophine hereinkam: Ich wollte in meinem Zimmer einen letzten ordentlichen Schluck trinken, beide Türen zusperren und schlafen.

»Ich hoff, du bist zufrieden, ich hoff, du bist richtig zufrieden«, sagte sie, »und fang bloß nich mit dein Lügen bei mir an. Ich weiß, was du mit dem Mädchen gemacht hast, genausogut wie du selber. Besser wie du. Und glaub auch bloß nich, daß ich Angst hab vor dir.«

»Also ist sie weggerannt, um dir zu erzählen, ich hätte sie schlecht behandelt, nicht wahr? Das hätte ich mir denken können.«

»Gar nichts hat sie mir erzählt«, sagte Christophine. »Kein Sterbenswort. Ist doch immer dasselbe. Niemand darf sein Stolz haben, bloß du. Mehr Stolz wie du hat sie, und nichts sagt sie. Ich seh sie an meiner Tür stehn mit diesem Blick, und ich weiß, ihr ist was Schlimmes passiert. Ich weiß, daß ich schnell was tun muß, und ich tu's.«

»Du scheinst tatsächlich was getan zu haben, o ja. Und was hast du getan, bevor du sie in den Zustand gebracht hast, in dem sie jetzt ist?«

»Was ich getan hab! Paß auf! Mach du mich nich noch mehr wütend, als ich's schon bin, lieber nich, das sag ich dir. Du willst wissen, was ich getan hab? Ich sag: ›Doudou, wenn du Kummer hast, ist's recht, daß du zu mir kommst.‹ Und ich geb ihr ein Kuß. Als ich ihr ein Kuß geb, da weint sie – nich vorher. Sie hat's lang zurückgehalten, denk ich. Also laß ich sie weinen. Das kommt als erstes. Erst müssen sie weinen, das macht das Herz leichter. Wie sie nich mehr weinen kann, geb ich ihr eine Tasse Milch – zum Glück hab ich Milch. Sie will nich essen, sie will nich reden. Also sag ich: ›Leg dich ins Bett, Doudou, und versuch zu schlafen, denn ich, ich kann auf dem Boden schlafen, macht mir nichts.‹ Sie kann von allein nich einschlafen, das steht fest, aber ich kann machen, daß sie einschläft. Das ist's, was ich getan hab. Und für das, was *du* tust – dafür bezahlst du eines Tags.

Wenn es mit ihnen so steht«, sagte sie, »müssen sie erst mal weinen, dann müssen sie schlafen. Erzähl mir nichts vom Doktor. Ich weiß mehr als jeder Doktor. Ich zieh Antoinette aus, damit sie's beim Schlafen kühl und bequem hat; und da seh ich, daß du sehr grob zu ihr warst, was?«

An dieser Stelle lachte sie – ein herzhaftes, fröhliches Lachen. »Das alles ist ne Kleinigkeit – das ist gar nichts.

Wenn du siehst, was ich hier in der Gegend seh, wo die Machete in der Ecke blitzt und leuchtet, dann machst du kein so 'n langes Gesicht wegen so 'ner Kleinigkeit. Drum liebt sie dich bloß noch mehr, wenn's das ist, was du willst. Nich deshalb sieht sie aus im Gesicht wie der Tod. O nein.

Einmal in der Nacht«, fuhr sie fort, »halt ich die Nase von einer Frau fest, weil ihr Mann sie ihr beinah abgehackt hat mit seiner Machete. Ich halt sie fest, schick ein Jungen zum Doktor, und der Doktor kommt schnurstracks mitten in der Nacht, um die Frau zusammenzuflicken. Wie er fertig ist, sagt er zu mir: ›Christophine, du bist sehr geistesgegenwärtig.‹ Genau das hat er zu mir gesagt. Inzwischen heult der Mann wie ein Baby. Er sagt: ›Doktor, ich hab's nich so gemeint. Es ist einfach so passiert.‹ ›Ich weiß, Rupert‹, sagt der Doktor, ›aber es darf nich wieder vorkommen. Warum läßt du nich die verdammte Machete im andern Zimmer?‹ sagt er. Sie haben bloß zwei kleine Zimmer, drum sag ich: ›Nein, Doktor – in der Nähe vom Bett ist's viel schlimmer. Sie hacken einander in Stücke, du kannst gar nich hinsehn, so schnell.‹ Der Doktor kann gar nich aufhörn mit Lachen. Oh, er war ein guter Doktor. Als er fertig war mit der Nase von dieser Frau, also, ich will nich sagen, daß sie ausgesehn hat wie vorher, aber ich sag, man merkt's kaum. Rupert, so hat der Mann geheißen. Gibt ne Menge Ruperts hier, ist dir das aufgefallen? Einer heißt Prinz Rupert, und ein andrer, der Lieder macht, heißt Rupert the Rine. Hast ihn mal gesehn? Er verkauft seine Lieder in der Stadt, da drunten bei der Brücke. In der Stadt hab ich gelebt, als ich das erstemal weg bin von Jamaika. Ist ein hübscher Name, was – Rupert –, aber wo haben sie ihn bloß her? Ich glaub, sie haben ihn aus der alten Zeit. Der Doktor war noch ein Doktor aus der alten Zeit. Die neuen, die mag ich nich. Das erste Wort, das sie in den Mund nehmen, ist Polizei. Polizei – das ist was, was ich nich mag.«

»Das glaub' ich dir«, sagte ich. »Aber du hast mir noch nicht erzählt, was geschehen ist, als meine Frau bei dir war. Und auch nicht, was du genau getan hast.«

»*Deine Frau!*« sagte sie. »Daß ich nich lach. Ich weiß nich alles, was du getan hast, aber einiges weiß ich. Jeder weiß, daß du sie wegen ihrem Geld geheiratet hast und daß du alles genommen hast. Und dann willst du sie kaputtmachen, weil du neidisch auf sie bist. Sie ist besser wie du, sie hat besseres Blut, und sie macht sich nichts aus Geld – Geld ist für sie gar nichts. Oh, das hab ich doch gemerkt, wie ich dich zum erstenmal seh. Du bist jung, aber schon jetzt bist du hart. Du hast das Mädchen zum Narren gehalten. Redest ihr ein, du kannst die Sonne nich mehr sehn, weil du sie gesehn hast.«

So war es, dachte ich. Genauso war es. Aber besser war es, nichts zu sagen. Dann gingen sie gewiß beide, und dann würde auch ich schlafen – einen langen, tiefen Schlaf würde ich schlafen, und weit fort von hier.

»Und dann«, fuhr sie fort, immer noch mit der Stimme eines Richters, »dann schläfst du mit ihr, bis sie betrunken davon ist, kein Rum könnte sie so betrunken machen, bis sie ohne das nich mehr sein kann. *Sie* ist es, die die Sonne nich mehr sehn kann. Bloß dich sieht sie. Aber du willst sie nur kaputtmachen.«

*(Nicht so, wie du meinst, dachte ich.)*

»Aber sie hält es aus, was? Sie hält es aus.«

*(Ja, sie hat es ausgehalten. Ein Jammer.)*

»Du tust also, als ob du alle die Lügen glaubst, die wo dieser verdammte Bastard dir erzählt.«

*(Dieser verdammte Bastard dir erzählt.)*

Jedes Wort, das sie sagte, hallte jetzt wider, hallte laut in meinem Kopf wider.

»Damit du sie sitzenlassen kannst.«

*(Sie sitzenlassen kannst.)*

»Und sagst ihr nich, warum.«

*(Warum?)*

»Keine Liebe mehr, was?«

*(Keine Liebe mehr.)*

»Und da«, sagte ich kalt, »hast du dich der Sache angenommen, nicht wahr? Du hast versucht, mich zu vergiften.«

»Dich vergiften? Jetzt schlägt's dreizehn, der Mann
ist ja verrückt! Sie kommt zu mir und fragt mich nach
was, damit du sie wieder liebst, und ich sag zu ihr nein,
ich misch mich da nich ein für *béké*. Ich sag zu ihr, 's
ist dummes Zeug.«

*(Dummes Zeug, dummes Zeug.)*

»Und selbst wenn's kein dummes Zeug ist, ist 's zu
stark für *béké*.«

*(Zu stark für béké. Zu stark.)*

»Aber sie weint und sie bettelt.«

*(Sie weint und sie bettelt.)*

»Also geb ich ihr was für die Liebe.«

*(Für die Liebe.)*

»Aber du liebst nich, willst sie nur kaputtmachen.
Und das Zeug hilft dir, sie kaputtmachen.«

*(Sie kaputtmachen.)*

»Sie sagt mir, daß du mittendrin anfängst, ihr
Schimpfnamen zu geben, Marionette, oder irgend so 'n
Wort.«

»Ja, ich erinnere mich. Das stimmt.«

*(Marionette, Antoinette, Marionetta, Antoinetta.)*

»Das Wort bedeutet Puppe, was? Weil sie nich redet.
Du willst sie zwingen, daß sie weint und redet.«

*(Zwingen, daß sie weint und redet.)*

»Aber sie will nich. Also denkst du dir was andres
aus. Bringst dieses nichtsnutzige Mädchen mit und
spielst mit ihr nebenan und redest und lachst und
schläfst mit ihr, so daß sie alles hört. Du hast wollen,
daß sie's hört.«

Ja, das ist nicht einfach so gekommen. Ich wollte es
so.

*(Ich lag wach die ganze Nacht lang, nachdem sie ein-
geschlafen waren, und sobald es hell war, stand ich auf*

*und zog mich an und sattelte Preston. Und ich kam zu*
*dir. O Christophine. O Pheena, Pheena, hilf mir.)*

»Du hast mir immer noch nicht genau gesagt, was du
mit meiner – mit Antoinette getan hast.«

»Doch, ich hab's dir gesagt. Hab gemacht, daß sie
schläft.«

»Was? Die ganze Zeit?«

»Nein, nein. Hab sie aufgeweckt, damit sie sich in die
Sonne setzt, damit sie badet im kühlen Fluß. Auch wenn
sie fast umfällt vor Schlaf. Ich mach eine gute kräftige
Suppe. Ich geb ihr Milch, wenn ich hab, Obst pflück ich
von meinen eignen Bäumen. Wenn sie nich essen will, sag
ich: ›Iß es auf, tu's für mich, Doudou.‹ Und sie ißt's auf,
dann schläft sie wieder.«

»Und warum hast du das alles getan?«

Sie schwieg lange. Dann sagte sie: »'s ist besser, daß sie
schläft. Sie muß schlafen, solange ich für sie arbeite –
damit sie wieder gesund wird. Aber von alldem red ich
nich mit dir.«

»Unglücklicherweise hat deine Kur nicht gewirkt. Du
hast sie nicht gesund gemacht. Du hast erreicht, daß es ihr
schlechter geht.«

»Doch, ich hab sie kuriert«, sagte sie zornig. »Hab sie
kuriert. Aber ich hab Angst gehabt, daß sie zuviel schläft.
Sie ist nicht *béké* wie du, aber trotzdem ist sie *béké* und
ist auch nich wie wir. Morgens kann sie manchmal nich
wach werden, oder wenn sie wach ist, dann ist's, wie
wenn sie noch schläft. Ich will ihr nichts mehr geben von
– von dem, was ich geb. Also«, fuhr sie nach einem neu-
erlichen Schweigen fort, »laß ich sie Rum trinken. Ich
weiß, das schadet ihr nich. Nich sehr. Sobald sie den Rum
trinkt, fängt sie an, verrücktes Zeug zu reden, daß sie zu
dir zurückmuß, und ich kann sie nich beruhigen. Sie sagt,
sie geht allein, wenn ich nich mitkomm, aber sie bettelt,
daß ich komm. Und ich hab's gut gehört, als du ihr sagst,
daß du sie nich liebst – ganz ruhig und kühl sagst du ihr
das und machst alles hin, was ich Gutes tu.«

»Alles Gute, was du getan hast! Ich bin deinen Unsinn leid, Christophine. Du hast sie offenbar mit schlechtem Rum sinnlos betrunken gemacht, und jetzt ist sie in einem ganz erbärmlichen Zustand. Ich habe sie kaum erkannt. Warum du das getan hast, kann ich nicht sagen – vermutlich aus Haß gegen mich. Und wenn du schon so viel gehört hast, dann hast du vielleicht auch all das mit angehört, was sie zugegeben hat – wessen sie sich brüstete, und all die gemeinen Wörter, mit denen sie mich beschimpft hat. Deine Doudou kennt wahrhaftig eine Menge übler Ausdrücke.«

»Ich sag dir nein. Ich sag dir, das heißt gar nichts. Du machst sie so unglücklich, daß sie nich mehr weiß, was sie sagt. Ihr Vater, der alte Mister Cosway, flucht wie der Teufel in Person – bei ihm hat sie's aufgeschnappt. Und einmal, als sie klein war, ist sie weggelaufen und hat bei den Fischern und den Matrosen am Meer bleiben wollen. Diese Männer!« Sie hob die Augen zur Decke. »Man sollt nich meinen, daß sie jemals unschuldige kleine Kinder waren. Sie ist zurückgekommen und hat sie nachgemacht. Sie versteht nich, was sie sagt.«

»Ich glaube, daß sie jedes Wort verstand und auch gemeint hat, was sie sagte. Aber du hast recht, Christophine – es war alles eine Lappalie. Es war nichts. Es gibt keine Machete hier, und also konnte die Machete auch keinen Schaden anrichten. Keinerlei Schaden für diesmal. Ich bin sicher, daß du darauf geachtet hast, so betrunken du sie auch gemacht hast.«

»Du bist ein verdammt harter Mann für einen jungen Mann.«

»So sagst du, so sagst du.«

»Ich hab's ihr gesagt. Hab sie gewarnt. Hab ihr gesagt, das ist kein Mann, der dir hilft, wenn er sieht, daß du kaputtgehst. Bloß die Besten können das. Die Besten – und manchmal die Schlimmsten.«

»Aber du denkst, ich bin einer der Schlimmsten, nicht wahr?«

»Nein«, sagte sie gleichgültig, »für mich bist du nich der Beste und nich der Schlimmste. Du bist –« sie zuckte mit den Schultern »– du wirst ihr nich helfen. Das hab ich ihr gesagt.«

Fast alle Kerzen waren erloschen. Sie zündete keine neuen an – und ich auch nicht. So saßen wir im gedämpften Licht. Ich sollte dieses nutzlose Gespräch beenden, dachte ich, konnte aber nur wie hypnotisiert auf ihre dunkle Stimme hören, die aus der Dunkelheit kam.

»Ich kenn das Mädchen. Sie bittet dich nie mehr um Liebe, eher stirbt sie. Aber ich, Christophine, ich bitt dich. Sie liebt dich so sehr. Sie hungert nach dir. Wart ab, vielleicht kannst du sie wieder lieben. Ein bißchen, so wie sie sagt. Ein bißchen. Wie du eben lieben kannst.«

Ich schüttelte den Kopf und schüttelte ihn mechanisch immer wieder.

»Alles Lügen, was der gelbe Bastard dir erzählt. Und er ist auch kein Cosway. Seine Mutter war eine schlechte Frau, hat versucht, den alten Mann zum Narren zu halten, aber der alte Mann läßt sich nich zum Narren halten. ›Eine mehr oder weniger‹, sagt er und lacht. Er hat sich getäuscht. Je mehr er für diese Leute tut, desto mehr hassen sie ihn. Der Haß in diesem Daniel – er läßt ihm keine Ruhe. Hätt ich gewußt, daß ihr hierherkommt, ich hätt euch aufgehalten. Aber ihr habt schnell geheiratet, seid schnell aus Jamaika weg. Keine Zeit.«

»Sie hat mir erzählt, alles sei wahr, was er sagte. Damals log sie nicht.«

»Weil du ihr weh tust, will sie dir auch weh tun, darum.«

»Und daß ihre Mutter verrückt war. Ist das auch eine Lüge?«

Christophine antwortete mir nicht sofort. Als sie sprach, war ihre Stimme nicht mehr so ruhig. »Die haben sie soweit gebracht. Als sie ihren Sohn verliert, verliert sie sich selber eine Zeitlang, und sie sperren sie ein. Sie sagen ihr, sie ist verrückt, und sie tun, als wenn sie verrückt ist.

Fragen, Fragen. Aber kein gutes Wort, keine Freunde, und ihr Mann, der geht fort, läßt sie im Stich. Sie wollen mich nich zu ihr lassen. Ich versuch's, aber nein. Sie wollen Antoinette nich zu ihr lassen. Am Schluß – ob sie verrückt ist, weiß ich nich – gibt sie auf, es ist ihr alles gleich. Der Mann da, der auf sie aufpaßt, er nimmt sie sich, wann immer er will, und die Frau von ihm schwatzt herum. Dieser Mann, und auch andre. Dann schlafen sie mit ihr. Ach, es gibt kein Gott.«

»Nur deine Geister«, erinnerte ich sie.

»Nur meine Geister«, sagte sie fest. »In deiner Bibel steht, Gott ist ein Geist – 's steht nich geschrieben, daß es keine andren gibt. Überhaupt nich. Es jammert mich, was mit ihrer Mutter passiert ist, und ich kann nich mit ansehn, daß es noch einmal passiert. Du sagst, sie ist eine Puppe? Du bist nich zufrieden mit ihr? Versuch's noch mal mit ihr, ich glaub, jetzt wirst du mit ihr zufrieden sein. Wenn du sie verläßt, reißen die sie in Stücke – so, wie sie's mit ihrer Mutter gemacht haben.«

»Ich werde sie nicht verlassen«, sagte ich müde. »Ich werde alles für sie tun, was ich kann.«

»Wirst du sie lieben, so wie du sie vorher geliebt hast?«

(*Gib meiner Schwester, deiner Frau, einen Kuß von mir. Sie so lieben, wie ich sie geliebt habe – o ja, ich habe sie geliebt. Wie kann ich das versprechen?*) Ich sagte nichts.

»*Sie* ist's, die nich zufrieden sein wird. Sie ist ein Kreolenmädchen, und sie hat die Sonne im Blut. Sag doch – wie ist's denn gewesen? Sie kommt nich in dein Haus in diesem England, von dem ich gehört hab, sie kommt nich in dein schönes Haus und bittet dich, daß du dich mit ihr heiratest. Nein, nein, du bist's, du kommst den ganzen langen Weg in ihr Haus – und *du* bittest sie, daß sie sich mit dir heiratet. Und sie liebt dich, und sie gibt dir alles, was sie hat. Jetzt sagst du, du liebst sie nich, und du machst sie kaputt. Was machst du mit ihrem Geld, sag?«

Ihre Stimme war noch immer ruhig, doch sie wurde

schneidend, als sie »Geld« sagte. Natürlich, dachte ich, darum geht es bei diesem ganzen Geschwätz. Ich fühlte mich nicht mehr betäubt, müde, wie hypnotisiert, sondern hellwach und auf der Hut, bereit, mich zu verteidigen.

Warum, wollte sie wissen, konnte ich nicht die Hälfte von Antoinettes Mitgift zurückgeben und die Insel verlassen – »geh fort aus Westindien, wenn du sie nich mehr willst.«

Ich fragte nach der genauen Summe, an die sie dabei dachte, doch sie antwortete ausweichend.

»Du bringst das alles in Ordnung, mit Anwälten und all dem Zeug.«

»Und was wird dann mit ihr geschehen?«

Sie, Christophine, würde gut aufpassen auf Antoinette (und auf das Geld natürlich).

»Werdet ihr beide hierbleiben?« Ich hoffte, daß meine Stimme so glatt klang wie die ihre.

Nein, sie würden nach Martinique gehen. Dann an andere Orte.

»Ich möcht die Welt sehn, bevor ich sterbe.«

Vielleicht weil ich so ruhig und gefaßt war, fügte sie boshaft hinzu: »Sie heiratet sich mit jemand anders. Sie vergißt dich und lebt glücklich.«

Da wurde ich plötzlich von Wut und Eifersucht gepackt. O nein, sie wird nicht vergessen. Ich lachte.

»Du lachst über mich? Warum lachst du über mich?«

»Natürlich lache ich über dich – du verrücktes altes Weib. Ich habe nicht vor, noch länger mit dir um meine Angelegenheiten zu rechten. Und auch nicht mit deiner Herrin. Ich habe alles angehört, was du zu sagen hattest, und ich glaube dir nicht. Jetzt sag Antoinette auf Wiedersehen, und dann geh. Du hast schuld an allem, was hier geschehen ist, komm also nicht zurück.«

Sie richtete sich kerzengerade auf und stemmte die Hände in die Hüften. »Wer bist du, daß du mir sagst, ich soll gehn? Das Haus da hat der Mutter von Miss Antoinette gehört, und jetzt gehört's ihr. Wer bist du, daß du mir sagst, ich soll gehn?«

»Ich versichere dir, daß es jetzt mir gehört. Geh jetzt, oder ich hol' die Männer, damit sie dich rauswerfen.«

»Glaubst du, die Männer hier fassen mich an? Sie sind nich so verdammte Narren wie du, daß sie mich anrühren täten.«

»Dann hole ich die Polizei, ich warne dich. Es muß doch irgendein Gesetz und eine Ordnung geben, selbst auf dieser gottverlassenen Insel.«

»Gibt keine Polizei hier«, sagte sie, »keine Kettensträflinge, keine Tretmaschine, auch kein finstres Gefängnis. Das ist ein freies Land, und ich bin eine freie Frau.«

»Christophine«, sagte ich, »du hast jahrelang auf Jamaika gelebt, und du kennst Mr. Fraser gut, den Richter von Spanish Town. Ich habe ihm wegen dir geschrieben. Möchtest du hören, was er geantwortet hat?« Sie starrte mich an. Ich las den Schluß von Frasers Brief laut vor: *»Ich habe sehr diskret an Mr. Hill geschrieben, den weißen Polizeiinspektor in Ihrer Stadt. Falls sie in Ihrer Nähe lebt und irgendeine ihrer dummen Geschichten ausheckt, lassen Sie es ihn sofort wissen. Er wird ein paar Polizisten zu Ihnen hinaufschicken, und diesmal wird sie nicht so leicht davonkommen ...* Du hast deiner Herrin das Gift gegeben, das sie mir in den Wein getan hat?«

»Hab's dir schon mal gesagt – du redest dummes Zeug!«

»Das werden wir schon noch sehen – ich habe etwas von diesem Wein aufgehoben.«

»Hab's ihr ja gesagt«, sagte sie. »Bei *béké* wirkt es nie. Immer bringt's Unglück ... Also du schickst mich weg und behältst ihr ganzes Geld. Und was machst du mit ihr?«

»Ich wüßte nicht, warum ich dir meine Pläne erzählen sollte. Ich habe vor, nach Jamaika zurückzugehen und die Ärzte von Spanish Town und ihren Bruder zu fragen. Ihrem Rat werde ich folgen. Das ist alles, was ich vorhabe. Es geht ihr nicht gut.«

»Ihr Bruder!« Sie spuckte auf den Boden. »Richard Mason ist kein Bruder nich für sie. Glaubst du, du kannst mich zum Narren halten? Willst ihr Geld, aber *sie* willst du nich. Willst so tun, als wenn sie verrückt ist. Das weiß ich. Du sagst den Doktors, was sie sagen sollen, und sie sagen es. Richard, er sagt, was du willst, daß er sagt – und er tut's gern und freiwillig, das weiß ich. Es wird ihr gehn wie ihrer Mutter. Und das tust du nur wegen Geld? Aber böse bist du, böse wie der Satan selber!«

Ich sagte laut und wild: »Und glaubst du, ich hätte all das gewollt? Ich gäbe mein Leben, um es ungeschehen zu machen. Ich gäbe meine Augen dafür, daß ich diesen entsetzlichen Ort nie gesehen hätte.«

Sie lachte. »Das ist nun das erste verdammt wahre Wort, was du gesagt hast. Du suchst dir aus, was du gibst, wie? Dann wählst du dir's aus. Du mischst dich in was ein, und vielleicht weißt du nich, was es ist.« Sie begann, vor sich hin zu murmeln. Nicht auf patois. Ich wußte inzwischen, wie Patois klang.

Sie ist so verrückt wie die andere, dachte ich und wandte mich zum Fenster. Die Dienstboten standen in einem Grüppchen unter dem Gewürznelkenbaum beieinander. Baptiste, der Junge, der bei den Pferden aushalf, und das kleine Mädchen Hilda.

Christophine hatte recht. Sie hatten nicht die Absicht, sich in diese Sache einzumischen.

Als ich sie ansah, lag eine Maske auf ihrem Gesicht, und ihre Augen blickten furchtlos. Sie verstand zu kämpfen, das mußte ich zugeben. Ohne es zu wollen, sagte ich noch einmal: »Möchtest du Antoinette auf Wiedersehen sagen?«

»Ich geb ihr was, damit sie schläft – nichts, was ihr schadet. Ich weck sie nich auf, damit sie ihr Elend sieht. Das überlass' ich dir.«

»Du kannst ihr schreiben«, sagte ich steif.

145

»Lesen und schreiben kann ich nich. Andre Sachen kann ich.«

Sie ging fort, ohne zurückzublicken.

Ich verspürte nicht mehr die geringste Lust zu schlafen. Ich ging im Zimmer auf und ab und fühlte das Blut in meinen Fingerspitzen pochen. Es pulsierte in meinen Armen und kam bis zum Herzen, das sehr schnell zu schlagen begann. Ich redete laut, während ich umherging. Ich sagte den Brief vor mich hin, den ich schreiben wollte.

»Ich weiß nun, daß du dies geplant hast, weil du mich loswerden wolltest. Du empfandest keinerlei Liebe für mich. Mein Bruder auch nicht. Dein Plan gelang, weil ich jung war, eingebildet, töricht, gutgläubig. Vor allem, weil ich jung war. Du konntest mir dies antun ...«

Aber jetzt bin ich nicht mehr jung, dachte ich. Ich hörte auf, hin und her zu gehen, und trank. Dieser Rum ist wahrhaftig so mild wie Muttermilch oder wie des Vaters Segen.

Ich konnte mir vorstellen, was er für ein Gesicht machen würde, wenn ich diesen Brief abschickte und er ihn läse.

*Lieber Vater*, schrieb ich. *In Bälde werden wir diese Insel verlassen und nach Jamaika übersetzen. Unvorhergesehene Umstände, das heißt, wenigstens habe ich sie nicht vorhergesehen, zwangen mich zu dieser Entscheidung. Ich bin sicher, Du weißt oder kannst vermuten, was vorgefallen ist, und ich bin sicher, Du teilst meine Ansicht, je weniger Du mit irgend jemandem über meine Angelegenheiten, insbesondere über meine Heirat, sprichst, desto besser ist es. Es ist ebenso in Deinem Interesse wie in meinem. Du wirst wieder von mir hören. Hoffentlich bald.*

Dann schrieb ich an das Anwaltsbüro, mit dem ich in Spanish Town zu tun gehabt hatte. Ich teilte ihnen mit, ich wünschte ein möbliertes Haus zu mieten, nicht zu nahe bei der Stadt und geräumig genug, daß man darin zwei getrennte Wohnungen einrichten konnte. Ich schrieb ihnen auch, sie sollten Dienstboten einstellen, und ich sei bereit, sie sehr großzügig zu bezahlen – solange sie den Mund halten, dachte ich –, vorausgesetzt, sie seien diskret, schrieb ich. Meine Frau und ich würden in ungefähr einer Woche nach Jamaika kommen und damit rechnen, daß alles vorbereitet sei.

Die ganze Zeit über, während ich an diesem Brief schrieb, krähte draußen wieder und wieder ein Hahn. Ich nahm das erstbeste Buch, das ich in die Finger bekam, und warf es nach ihm, doch er stolzierte ein paar Meter weiter und fing erneut an zu krähen.

Baptiste erschien und blickte zu Antoinettes stillem Zimmer hinüber.

»Hast du noch viel von diesem famosen Rum?«

»Massenhaft Rum«, sagte er.

»Ist er wirklich hundert Jahre alt?«

Er nickte gleichgültig. Hundert Jahre, tausend Jahre, alles einerlei für le bon Dieu, und für Baptiste auch.

»Warum kräht dieser verdammte Hahn?«

»Er kräht, weil's Wetter umschlägt.«

Da sein Blick immer noch auf die Schlafzimmertür geheftet war, rief ich ihm zu: »Schläft, dormi, dormi.«

Er schüttelte den Kopf und ging weg.

Mir schien, daß er mich finster angesehen hatte. Auch ich blickte finster, als ich den Brief an die Anwälte noch einmal las. Wieviel ich auch jamaikanischen Dienstboten zahlen mochte, nie würde ich ihre Diskretion erkaufen. Man würde über mich klatschen, Lieder über mich singen. (Sie erfinden Lieder über alles und jeden. Ihr solltet das über die Frau des Gouverneurs hören.) Wo immer ich hinkam, würde man über mich reden. Ich trank noch etwas Rum, und während ich trank, zeichnete ich ein Haus, umgeben von Bäumen. Ein großes Haus. Ich teilte den dritten Stock in Zimmer auf, und in eines der Zim-

147

mer zeichnete ich eine stehende Frau – ein Kindergekrit-
zel, einen Punkt für den Kopf, einen größeren für den
Leib, ein Dreieck für den Rock, schräge Linien für Arme
und Beine. Aber es war ein englisches Haus.

Englische Bäume. Ich fragte mich, ob ich England jemals wiedersehen würde.

Unter dem Oleander ... Ich betrachtete die vom Nebel
verhangenen Berge. Es ist kühl heute; kühl, ruhig und
wolkig wie an einem englischen Sommertag. Doch ein
anmutiger Ort bei jedem Wetter – und wenn ich noch so
weit reise: nie werde ich einen anmutigeren sehen.

Die Jahreszeit der Hurrikane ist nicht mehr fern, dachte ich und sah, wie ein Baum seine Wurzeln tiefer in die
Erde zu treiben schien, sich bereit machte, gegen den
Wind anzukämpfen. Vergebens. Wenn er dann kommt,
werden sie alle umstürzen. Einige der Königspalmen bleiben stehen (hat sie mir erzählt). Ihrer Wedel beraubt,
bleiben sie dennoch stehen, wie hohe braune Pfeiler –
herausfordernd. Nicht umsonst nennt man sie Königspalmen. Das Bambusrohr macht es sich leichter, es beugt
sich bis zur Erde und bleibt liegen, knarrend, ächzend,
um Gnade flehend. Verächtlich geht der Wind über es
hinweg, schert sich nicht um diese kümmerlichen Ge-
schöpfe. *(Laß sie leben.)* Heulend, gellend, lachend zieht
der wilde Sturm darüber hinweg.

Aber all dies wird erst in ein paar Monaten sein. Jetzt
ist es ein englischer Sommer, so kühl, so grau. Und doch
denke ich an meine Rache und an Hurrikane. Wörter
überstürzen sich in meinem Kopf (und auch Taten).
Wörter. Mitleid ist eines davon. Es läßt mir keine Ruhe.

Mitleid wie ein nacktes neugeborenes Kind, das den
Sturm reitet.

Das las ich vor langer Zeit, als ich jung war – jetzt hasse
ich Dichter und Gedichte. So wie ich Musik hasse, die ich

einst liebte. Sing deine Lieder, Rupert the Rine, aber ich werde nicht zuhören, auch wenn man mir sagt, du habest eine sanfte Stimme ...

Mitleid. Gibt es denn keines für mich? Ein Leben lang an eine Wahnsinnige gefesselt – eine betrunkene, verlogene Wahnsinnige –, die den Weg ihrer Mutter gegangen ist.

*Sie liebt dich so sehr, so sehr. Sie hungert nach dir. Lieb sie ein bißchen, so wie sie sagt. Bloß so kannst du lieben – ein bißchen.*

Verhöhnst mich bis zum Schluß, du Teufelin. Glaubst du, ich wüßte es nicht? Sie hungert nach *jedem* – nicht nach mir ...

Sie wird ihr schwarzes Haar lösen und lachen und schöntun und schmeicheln (eine Verrückte. Es wird ihr eins sein, wen sie liebt). Sie wird stöhnen und weinen und sich hingeben, wie es keine normale Frau täte – oder könnte. *Oder könnte.* Dann so still daliegen, still wie dieser wolkige Tag. Eine Verrückte, die immer weiß, was gespielt wird. Aber sie spielt nie mit.

Bis sie betrunken ist, ihre Spiele so oft getrieben hat, daß auch die Armseligsten die Achseln zucken und sie verspotten. Und ich sollte es wissen – ich? Nein, ich kenne einen Trick, der ihren zweimal wert ist.

*Sie liebt dich so sehr, so sehr. Versuch's noch mal mit ihr.*

Ich sage dir, sie liebt keinen, oder jeden. Ich könnte sie nicht berühren. Höchstens so, wie der Hurrikan diesen Baum berühren – und ihn zerbrechen wird. Du sagst, das hab ich schon getan. Nein. Das war das wilde Spiel der Liebe. Jetzt werde ich's wirklich tun.

Sie wird nicht mehr in der Sonne lachen. Sie wird sich nicht mehr herausputzen und sich in diesem verwünschten Spiegel zulächeln. So selbstgefällig, so zufrieden.

Eitles, törichtes Geschöpf. Zum Lieben geschaffen? Ja, aber sie wird keinen Liebsten haben, denn ich will sie nicht, und sie wird keinen andern zu Gesicht bekommen.

Der Baum zittert. Zittert und sammelt seine ganze Kraft.

Und wartet.

(Ein kühler Wind geht jetzt – ein kalter Wind. Trägt er das Kind mit sich, das auf die Welt kam, um im Tosen der Hurrikane zu reiten?)

Sie sagte, sie liebte diesen Ort. Dies ist das letzte, was sie davon sehen wird. Nach einer einzigen Träne werde ich Ausschau halten, nach einer einzigen menschlichen Träne. Nicht dieses leere, haßerfüllte, mondsüchtige Gesicht. Ich werde gut hinhören ... ob sie auf Wiedersehen sagt, vielleicht adieu. *Adieu* – wie es in diesen Liedern aus der alten Zeit heißt, die sie immer sang. Immer *adieu* (und alle Lieder sagen es). Wenn auch sie es sagt, oder wenn sie weint, werde ich sie in meine Arme nehmen, meine Irre. Sie ist verrückt, aber sie ist *mein, mein*. Was kümmern mich Götter oder Teufel oder das Schicksal selbst. Wenn sie lächelt oder weint oder beides. *Um meinetwillen*.

Antoinetta – ich kann auch sanft sein. Verbirg dein Gesicht. Verbirg dich, doch in meinen Armen. Bald wirst du sehen, wie sanft ich bin. Meine Irre. Mein verrücktes Mädchen.

Heute ist ein wolkiger Tag, der dir helfen kann. Keine schamlose Sonne.

Keine Sonne ... Keine Sonne. Das Wetter hat umgeschlagen.

Baptiste wartete, die Pferde waren gesattelt. Der Junge stand bei dem Gewürznelkenbaum, und neben ihm war der Korb, den er tragen sollte. Diese Körbe sind leicht und wasserdicht. Ich hatte beschlossen, so einen Korb für die notwendigsten Kleidungsstücke zu nehmen – der größte Teil unserer Habe sollte in ein oder zwei Tagen nachkommen. Ein Wagen sollte in Massaker auf uns warten. Ich hatte an alles gedacht, alles vorbereitet.

Sie war dort in *ajoupa;* sorgfältig gekleidet für die Reise, wie ich bemerkte, doch ihr Gesicht leer, völlig ausdruckslos. Tränen? Sie hat keine einzige Träne. Nun, man wird sehen. Erinnerte sie sich an irgend etwas, fragte ich mich, fühlte sie irgend etwas? (Jene blaue Wolke, jener Schatten dort ist Martinique. Es hat aufgeklart... Oder dachte sie an die Namen der Berge? Nein, nicht Berge, *Morne,* sagte sie immer. »Berg ist ein häßliches Wort – für die hier.« Oder an die Geschichten über Jack Spaniards. Lang ist's her. Und daran, wie sie gesagt hatte: »Sieh! Der Smaragdtropfen! Das bringt Glück.« Ja, einen Augenblick lang war der Himmel grün – ein leuchtendgrüner Sonnenuntergang. Seltsam. Doch nicht halb so seltsam, wie zu behaupten, das bringe Glück.)

Schließlich war ich ja auf ihre leere Gleichgültigkeit vorbereitet. Ich wußte, daß meine Träume Träume waren. Doch die Trauer, die ich empfand, als ich zu dem schäbigen weißen Haus hinübersah – darauf war ich nicht vorbereitet. Mehr denn je schien es dem schwarzen, schlangengleichen Wald entkommen zu wollen. Lauter und verzweifelter schien es zu rufen: Rette mich vor Zerstörung, vor Ruin und Einsamkeit. Rette mich vor dem langen, langsamen Tod durch Ameisen. Doch was tust du hier, leichtsinniges Ding? So nahe dem Wald. Weißt du nicht, daß dies ein gefährlicher Ort ist? Und daß der dunkle Wald immer Sieger bleibt? Immer. Und wenn du's noch nicht weißt, wirst du's bald wissen, und ich kann nichts tun, um dir zu helfen.

Baptiste sah ganz anders aus als sonst. Keine Spur von dem höflichen Diener. Er trug einen breitrandigen Strohhut, wie ihn die Fischer tragen, doch die Krone war flach, nicht hoch und spitz. Sein breiter Ledergürtel war poliert, und poliert war der Griff der Machete, die in der Scheide steckte; sein Hemd und seine Hosen aus blauer

Baumwolle waren makellos. Der Hut, das wußte ich, war wasserfest. Er war auf Regen eingestellt, und der würde bestimmt bald kommen.

Ich sagte, ich wollte gerne dem kleinen Mädchen, das immer lachte, auf Wiedersehen sagen – Hilda. »Hilda ist nicht da«, sagte er in seinem sorgfältigen Englisch. »Hilda ist fortgegangen – gestern.«

Er sprach durchaus höflich, doch ich konnte seinen Widerwillen und seine Verachtung spüren. Dieselbe Verachtung wie die jener Teufelin, als sie sagte: »Probier mein Bullenblut.« Was heißen sollte: Das wird einen Mann aus dir machen. Vielleicht. Herzlich wenig kümmerte mich, was sie von mir dachten! Und sie, sie hatte ich einen Augenblick lang vergessen. Deshalb werde ich nie verstehen, warum mich plötzlich und zu meiner Bestürzung die Gewißheit überfiel, alles, was ich für die Wahrheit gehalten hatte, sei falsch. Falsch. Nur Magie und Traum sind wahr – alles andere ist Lüge. Laß es fahren. Hier ist das Geheimnis. Hier.

*(Aber es ist verloren, dieses Geheimnis, und jene, die es kennen, vermögen es nicht zu sagen.)*

Nicht verloren. Ich hatte es an einem verborgenen Ort gefunden, und ich würde es bewahren, würde es festhalten. So, wie ich sie festhalten würde.

Ich sah zu ihr hin. Sie starrte auf das entfernte Meer hinaus. Sie war das Schweigen selber.

Sing, Antoinetta. Jetzt kann ich dich hören.

> *Hier der Wind sagt, daß es war, daß es war*
> *Und das Meer sagt, es muß sein, es muß sein*
> *Und der Mond sagt, es kann sein, es wird sein*
> *Und der Regen ...?*

»*Hör mir zu. Unser Regen kennt alle Lieder.*«

»*Und alle Tränen?*«

»*Alle, alle, alle.*«

Ja, ich werde dem Regen zuhören. Ich werde dem

Bergvogel zuhören. Ach, das Herz bleibt einem stehen bei diesem einen Ton des Einsamen – hoch, süß, verlassen, magisch. Man hält den Atem an und horcht ... Nein ... Vorbei. Was sollte ich ihr sagen?

Sei nicht traurig. Und denk nicht adieu. Niemals adieu. Wir werden wieder sehen, wie die Sonne untergeht – viele Male, und vielleicht werden wir den Smaragdtropfen sehen, das grüne Funkeln, das Glück bringt. Und du mußt lachen und plaudern, wie du's früher getan hast – als du mir von der Schlacht bei der Insel der Heiligen erzählt hast oder von dem Picknick auf Marie Galante – diesem berühmten Picknick, bei dem es dann zur Prügelei kam. Oder von den Piraten und was sie trieben, wenn sie zwischen zwei Kaperfahrten an Land gingen. Denn jede Ausfahrt konnte die letzte sein. Sonne und Sangaree ist eine Mischung, die zu Kopf steigt. Dann – das Erdbeben. O ja, es heißt, Gott sei zornig geworden wegen der Dinge, die sie anstellten, sei aus seinem Schlaf erwacht, ein Atemzug, und verschwunden waren sie. Dann schlief er wieder ein. Ihren Schatz aber ließen sie zurück, Gold und mehr als Gold. Einiges davon hat man gefunden – aber die Finder erzählen's nie, denn weißt du, sie bekämen dann nur ein Drittel: So sagt das Gesetz, wenn man einen Schatz hebt. Sie wollen alles behalten, drum sprechen sie nie darüber. Manchmal kostbare Gegenstände, oder Edelsteine. Man kann gar nicht sagen, wieviel sie finden und heimlich an irgendeinen vorsichtigen Menschen verkaufen, der wiegt und mißt, zögert, Fragen stellt, die nicht beantwortet werden, dann das Geld aushändigt. Jedermann weiß, daß Goldstücke, ganze Schätze in Spanish Town auftauchen (auch hier). Auf allen Inseln, von nirgendwoher, von wer weiß woher. Denn es ist besser, nicht von Schätzen zu sprechen. Besser, ihnen nichts zu sagen.

Ja, besser, ihnen nichts zu sagen. Ich werde dir nicht sagen, daß ich deinen Geschichten kaum zugehört habe. Ich sehnte mich nach Nacht und Dunkelheit und nach der Stunde, in der die Mondblumen sich öffnen.

*Lösch aus das Mondlicht*
*Und zieh herab die Sterne.*
*Liebe im Dunkeln, denn das Dunkel ist unser*
*So bald, so bald.*

Wir wollen das meiste und das Beste und das Schlimmste
aus dem machen, was wir haben – wie die prahlerischen
Piraten. Gib nicht ein Drittel her, gib alles. Alles – alles –
alles. Behalte nichts zurück ...

Nein, ich würde sagen – ich wußte, was ich sagen würde. »Ich habe einen schrecklichen Fehler gemacht. Vergib
mir.«

Ich sagte es, blickte sie an, sah den Haß in ihren Augen
– und fühlte, wie mein eigener Haß hochstieg und ihrem
begegnete. Wieder der schwindelerregende Wechsel, die
Erinnerung, der widerliche Umschwung zum Haß. Sie
haben mich gekauft, *mich,* mit deinem armseligen Geld.
Du hast ihnen dabei geholfen. Du hast mich getäuscht,
hast mich betrogen, und du wirst noch Schlimmeres tun,
wenn man dich läßt ... *(Das Mädchen, sie sieht einem*
*grade ins Gesicht und redet schön – und Lügen sind's, was*
*sie sagt. Lügen. Ihre Mutter war genauso. Es heißt, sie ist*
*schlimmer als die Mutter.)*

... Wenn die Hölle auf mich wartet, dann soll's die
Hölle sein. Keine falschen Paradiese mehr. Keine verdammte Magie mehr. Du haßt mich, und ich hasse
dich. Wir werden sehen, wer am besten haßt. Doch zuerst, zuerst will ich deinen Haß zerstören. Jetzt. Mein
Haß ist kälter, stärker, und du wirst keinen Haß mehr
haben, an dem du dich wärmen kannst. Nichts wirst du
haben.

Und ich tat es auch. Ich sah, wie der Haß aus ihren
Augen verschwand. Ich trieb ihn aus. Und mit dem Haß
ihre Schönheit. Sie war nur noch ein Gespenst. Ein Ge-
spenst im grauen Tageslicht. Nichts war übrig außer
Hoffnungslosigkeit. »*Sag: Stirb, und ich werde sterben.*
*Sag: Stirb, und sieh zu, wie ich sterbe.*«

Sie hob die Augen. Ausdruckslose, schöne Augen. Irre Augen. Eine Irre. Ich weiß nicht, was ich gesagt oder getan hätte. Dafür – alles. Doch in diesem Augenblick lehnte der namenlose Junge seinen Kopf an den Gewürznelkenbaum und schluchzte. Ein lautes, herzzerreißendes Schluchzen. Ich hätte ihn mit Freuden erwürgen können. Doch es gelang mir, mich zu beherrschen, zu ihnen hinzugehen und kalt zu fragen: »Was ist los mit ihm? Weshalb weint er?« Baptiste antwortete nicht. Sein düsteres Gesicht verdüsterte sich noch mehr, und das war alles, was ich von Baptiste erfuhr.

Sie war mir gefolgt, und sie antwortete. Ich erkannte ihre Stimme kaum wieder. Keine Wärme, keine Sanftheit. Die Puppe hatte die Stimme einer Puppe, eine atemlose, doch seltsam gleichgültige Stimme.

»Er hat mich schon bei unserer Ankunft gefragt, ob wir – ob du ihn mit dir nehmen würdest, wenn wir weggingen. Er will kein Geld. Nur bei dir bleiben. Denn«, sie unterbrach sich und fuhr sich mit der Zunge über die Lippen, »er liebt dich sehr. Also habe ich ihm gesagt, du würdest es tun. Ihn mitnehmen. Baptiste hat ihm gesagt, daß du nicht willst. Deshalb weint er.«

»Ganz gewiß nehme ich ihn nicht mit«, sagte ich zornig. (Bei Gott! Einen halbwilden Jungen, und dazu noch ... dazu noch ...)

»Er kann Englisch«, sagte sie, noch immer gleichgültig. »Er hat sich sehr viel Mühe gegeben, Englisch zu lernen.«

»Das Englisch, das er gelernt hat, verstehe ich nicht«, sagte ich. Und als ich ihr starres weißes Gesicht ansah, wuchs meine Wut. »Welches Recht hast du, in meinem Namen Versprechungen zu machen? Oder überhaupt für mich zu sprechen?«

»Nein, ich hatte kein Recht, es tut mir leid. Ich versteh' dich nicht. Ich weiß nichts von dir, und ich kann nicht für dich sprechen ...«

Und das war alles. Ich verabschiedete mich von Baptiste. Er verbeugte sich steif, unwillig und murmelte etwas – wünschte vermutlich eine angenehme Reise. Er hoffte, dessen bin ich sicher, daß er mich nie wieder zu Gesicht bekäme.

Sie war aufs Pferd gestiegen, und er ging zu ihr hinüber. Als sie die Hand ausstreckte, ergriff er sie und hielt sie die ganze Zeit, während er sehr ernsthaft zu ihr sprach. Ich hörte nicht, was er sagte, doch ich dachte, gleich würde sie weinen. Nein, das Puppenlächeln kehrte wieder – wie festgeklebt auf ihrem Gesicht. Selbst wenn sie wie Maria Magdalena geweint hätte, hätte es nichts geändert. Ich war erschöpft. All die verrückten, widerstreitenden Gefühle waren verschwunden, und ich blieb zurück, müde und leer. Bei Verstand.

Ich hatte genug von diesen Menschen. Ihr Lachen war mir zuwider und ihre Tränen, ihre Schmeichelei und der Neid, ihre Torheit und Tücke. Und ich haßte die ganze Gegend.

Ich haßte die Berge und die Hügel, die Flüsse und den Regen. Ich haßte die Sonnenuntergänge von welcher Farbe auch immer, ich haßte die Schönheit des Landes und seine Magie und das Geheimnis, das ich nie erfahren würde. Ich haßte seine Gleichgültigkeit und die Grausamkeit, die Teil seines Zaubers war. Vor allem haßte ich sie. Denn sie gehörte zu der Magie und dem Zauber. Sie hatte mich hungrig zurückgelassen, und mein ganzes Leben würde ich nur dürsten und hungern nach dem, was ich verlor, noch ehe ich es gefunden hatte.

So ritten wir fort und ließen ihn zurück – den verborgenen Ort. Kein Ort für mich und kein Ort für sie. Dafür würde ich sorgen. Schon ist sie weit voraus auf unserm Weg.

Bald wird sie zu all den anderen gehören, die das Geheimnis kennen und nichts davon sagen wollen. Oder nicht können. Oder es versuchen, aber scheitern, weil sie nicht genug wissen. Man kann sie erkennen. Weiße Gesichter, verstörte Blicke, ziellose Bewegungen, schrilles Lachen. Die Art, wie sie gehen und sprechen und schreien oder töten wollen (sich selbst oder dich), wenn auch du über sie lachst. Ja, man muß sie im Auge behalten. Denn es kommt die Zeit, wenn sie zu töten versuchen, und dann verschwinden. Doch andere warten, um ihren Platz einzunehmen, eine lange, lange Reihe. Sie ist eine von ihnen. Auch ich kann warten – auf den Tag, da sie nur noch eine Erinnerung ist, an die man nicht rühren darf, die man wegsperren muß – und wie jede Erinnerung eine Legende. Oder eine Lüge ...

Ich erinnere mich, daß ich an Baptiste dachte, als wir um die Ecke bogen, und mich fragte, ob er nicht noch einen anderen Namen hätte – ich hatte nie danach gefragt. Und dann daran, daß ich das Haus verkaufen würde, für jeden Preis. Ich hatte es ihr zurückgeben wollen. Doch nun – wozu würde es nützen?

Dieser einfältige Junge folgte uns, den Korb auf dem Kopf balancierend. Mit dem Handrücken wischte er sich die Tränen aus dem Gesicht. Wer hätte gedacht, daß irgendein Junge so weinen würde. Wegen nichts. Nichts ...

Dritter Teil

»Sie wußten, daß er in Jamaika war, als sein Vater und sein Bruder starben«, sagte Grace Poole. »Er erbte alles, doch er war schon vorher ein reicher Mann. Manche Leute haben eben Glück, sagte man und machte Anspielungen auf die Frau, die er mit nach England gebracht hatte. Am nächsten Tag wünschte Mrs. Eff mich zu sehen und beschwerte sich über das Gerede. Ich werde nicht zulassen, daß geredet wird. Ich habe Ihnen das gesagt, als Sie kamen. Dienstboten werden immer reden, und das können Sie nicht verhindern, sagte ich. Und ich bin mir auch nicht sicher, ob die Stellung mir zusagt, Madam. Zuerst, als ich auf Ihre Anzeige antwortete, sagten Sie, die Person, um die ich mich kümmern sollte, sei kein junges Mädchen. Ich fragte, ob sie eine alte Frau sei, und Sie sagten nein. Jetzt, wo ich sie gesehen habe, weiß ich nicht, was ich denken soll. Sie sitzt zitternd da, und sie ist so dünn. Wenn sie mir unter den Händen wegstirbt, wer hat dann schuld? Warten Sie, Grace, sagte sie. Sie hielt einen Brief in der Hand. Bevor Sie sich entscheiden, hören Sie sich an, was der Herr des Hauses zu dieser Angelegenheit zu sagen hat. ›Wenn Mrs. Poole den Erwartungen entspricht, warum ihr dann nicht den doppelten, den dreifachen Betrag geben‹, las sie vor und faltete den Brief zusammen, doch nicht so schnell, daß ich nicht die Worte auf der nächsten Seite hätte sehen können: ›Doch ich will um Gottes willen nichts mehr davon hören.‹ Auf dem Umschlag war eine ausländische Marke. ›Nicht für alles Geld auf der Welt diene ich dem Teufel‹, sagte ich. Sie sagte: ›Wenn Sie glauben, Sie dienten dem Teufel, wenn Sie diesem Gentleman dienen, dann haben Sie in Ihrem Leben keinen größeren Irrtum begangen. Ich habe ihn als Kind gekannt. Ich habe ihn als jungen Mann gekannt. Er war liebenswürdig, großzügig, tapfer. Sein Aufenthalt in Westindien hat ihn bis zur Unkenntlichkeit verändert. Er hat graue Haare bekommen, und der Jammer steht ihm in den Augen. Verlangen Sie nicht von mir, daß ich irgend jemand bemitleide, der seine Hand dabei im Spiel hatte. Ich habe genug gesagt und zuviel. Ich bin nicht bereit, Ihren Lohn zu verdreifachen, Grace, doch ich bin bereit, ihn zu verdoppeln. Aber es darf kein Gerede mehr geben. Wenn es doch welches gibt, werde ich Sie auf der Stelle entlassen. Ich glaube nicht, daß es unmöglich sein wird, Sie zu ersetzen. Ich bin sicher, daß Sie mich verstehen.‹ Ja, ich verstehe, sagte ich.

Dann wurden alle Dienstboten entlassen, und sie stellte eine Köchin ein, ein Stubenmädchen und dich, Leah. Sie wurden entlassen, aber wie konnte sie verhindern, daß sie redeten? Wenn du mich fragst, dann weiß es die ganze Grafschaft. Die Gerüchte, die ich gehört habe – weit entfernt von der Wahrheit. Aber ich halte meinen Mund. Ich werde mich hüten, auch nur ein Wort zu sagen. Schließlich ist das Haus groß und sicher, ein Schutz vor der Welt draußen, die schwarz und grausam sein kann für eine Frau, sag, was du willst. Vielleicht bin ich deshalb geblieben.«

Die dicken Mauern, dachte sie. Hinter dem Tor am Pförtnerhäuschen eine lange Allee, und drinnen im Haus die brennenden Kaminfeuer und die Zimmer in Weiß und Karminrot. Aber vor allem die dicken Mauern, die all die Dinge fernhalten, gegen die man angekämpft hat, bis man nicht mehr kämpfen konnte. Ja, vielleicht sind wir deshalb alle hier – Mrs. Eff und Leah und ich. Wir alle, außer diesem Mädchen, das in seiner eigenen Dunkelheit lebt. Eines muß man ihr lassen, sie hat noch nicht aufgegeben. Sie ist immer noch wild. Ich drehe ihr nicht den Rücken zu, wenn sie diesen Ausdruck in den Augen hat. Ich kenne ihn.

In diesem Zimmer wache ich immer früh auf und liege zitternd da, denn es ist sehr kalt. Endlich zündet Grace Poole, die Frau, die sich um mich kümmert, mit Papier

und Schieferholz und Kohlestücken ein Feuer an. Sie
kniet sich hin, um es mit dem Blasebalg anzufachen. Das
Papier schrumpft zusammen, die Späne knistern und
sprühen, die Kohle qualmt und glimmt. Schließlich schie-
ßen die Flammen hoch, und sie sind schön. Ich stehe auf
und gehe nahe heran, um sie zu beobachten, und ich frage
mich, warum man mich hierhergebracht hat. Aus welchem Grund? Es muß einen Grund geben.

Was soll ich tun? Als ich ankam, dachte ich, es sei für
einen Tag, zwei Tage, eine Woche vielleicht. Ich dachte,
wenn ich ihn sähe und mit ihm spräche, würde ich klug
sein wie die Schlangen und sanft wie die Tauben. »Ich
gebe dir alles, was ich habe, freiwillig«, würde ich sagen,
»und ich werde dich nie wieder behelligen, wenn du mich
gehen läßt.« Aber er kam nie.

Diese Frau, Grace, schläft in meinem Zimmer. Nachts
sehe ich sie manchmal am Tisch sitzen und Geld zählen.
Sie hält ein Goldstück in der Hand und lächelt. Dann tut
sie alles in einen kleinen Leinenbeutel, der mit einem
Band verschnürt ist, und hängt sich den Beutel um den
Hals, so daß er in ihrem Kleid verschwindet. Am Anfang
sah sie immer zu mir her, ehe sie das tat, aber ich stellte
mich schlafend, und nun achtet sie nicht mehr auf mich.
Sie trinkt aus einer Flasche auf dem Tisch, dann geht sie
zu Bett oder sie legt die Arme auf den Tisch, den Kopf
auf die Arme, und schläft. Ich aber liege da und beobachte, wie das Feuer niederbrennt. Wenn sie dann schnarcht,
stehe ich auf, und so habe ich von der farblosen Flüssig-
keit in der Flasche gekostet. Beim ersten Mal wollte ich
das Zeug ausspucken, aber ich würgte es hinunter. Als ich
wieder im Bett war, konnte ich mich an mehr erinnern
und wieder denken. Mir war nicht mehr so kalt.

Es gibt ein Fenster hoch oben – man kann nicht hinausse-
hen. Mein Bett hatte Türen, aber man hat sie weggenommen. Sonst gibt es in dem Zimmer nicht viel. Ihr Bett,
einen schwarzen Schrank, den Tisch in der Mitte und

zwei schwarze geschnitzte Stühle mit Früchte- und Blumenmotiven. Sie haben hohe Rückenlehnen und keine Armstützen. Das Ankleidezimmer ist sehr klein, der Raum dahinter ist mit Wandteppichen behangen. Als ich einmal die Wandteppiche betrachtete, erkannte ich darauf meine Mutter, im Abendkleid, doch mit bloßen Füßen. Sie blickte an mir vorbei, über meinen Kopf hinweg, genauso, wie sie es immer getan hatte. Ich wollte es Grace lieber nicht sagen. Sie sollte nicht Grace heißen. Namen sind wichtig, so wie er mich nicht Antoinette nennen wollte, und ich sah, wie Antoinette aus dem Fenster schwebte, mit ihren Wohlgerüchen, ihren hübschen Kleidern und ihrem Spiegel.

Es gibt hier keinen Spiegel, und ich weiß nicht, wie ich jetzt aussehe. Ich erinnere mich, wie ich mich betrachtete, während ich mir das Haar bürstete, und wie mich meine Augen aus dem Spiegel anblickten. Das Mädchen, das ich sah, war ich selbst, und doch nicht ganz ich selbst. Vor langer Zeit, als ich noch ein Kind war und sehr einsam, versuchte ich, das Mädchen im Spiegel zu küssen. Doch das Glas war zwischen uns – hart, kalt und von meinem Atem beschlagen. Nun haben sie alles weggenommen. Was tu ich hier, an diesem Ort, und wer bin ich?

Die Tür des Zimmers mit den Wandteppichen ist immer abgeschlossen. Sie führt, das weiß ich, auf einen Flur. Dort steht dann Grace und spricht mit einer anderen Frau, die ich nie gesehen habe. Sie heißt Leah. Ich horche, doch ich kann nicht verstehen, was sie sagen.

Es gibt also immer noch das Geräusch flüsternder Stimmen, das ich mein ganzes Leben gehört habe, doch das hier sind andere Stimmen.

Wenn die Nacht kommt und Grace etliche Gläser getrunken hat und dann schläft, ist es leicht, die Schlüssel zu holen. Ich weiß jetzt, wo sie sie aufbewahrt. Dann öffne ich die Tür und betrete ihre Welt. Sie ist aus Pappe, wie ich von jeher gewußt habe. Ich habe sie schon früher irgendwo gesehen, diese Welt aus Pappe, in der alles braun oder dunkelrot oder glanzloses Gelb ist. Während ich die Korridore entlanggehe, wünsche ich mir, ich könnte sehen, was hinter der Pappe ist. Sie sagen mir, ich sei in England, aber ich glaube ihnen nicht. Wir haben uns auf dem Weg nach England verirrt. Wann? Wo? Ich erinnere mich nicht, aber wir sind vom Weg abgekommen. War es an jenem Abend in der Kabine, als er mich dabei überraschte, wie ich mit dem jungen Mann sprach, der mir das Essen brachte? Ich hatte ihm die Arme um den Hals gelegt und bat ihn, mir zu helfen. Er sagte: »Ich wußte nicht, was ich tun sollte, Sir.« Ich schmetterte die Gläser und die Teller gegen das Bullauge. Ich hoffte, es würde in Stücke zerspringen und das Meer dränge ein. Eine Frau kam hinzu, und dann ein älterer Mann, der die Scherben vom Boden wegräumte. Er sah mich dabei nicht an. Der dritte Mann sagte: »Trinken Sie das, dann werden Sie schlafen.« Ich trank, und ich sagte: »Es ist nicht so, wie es scheint.« – »Ich weiß. Das ist es nie«, sagte er. Und dann schlief ich ein. Als ich erwachte, war es ein anderes Meer. Kälter. In jener Nacht, glaube ich, änderten wir den Kurs und kamen von unserem Weg nach England ab. Dieses Haus aus Pappe, in dem ich nachts umhergehe, ist nicht England.

Eines Morgens, als ich erwachte, tat mir alles weh. Nicht wegen der Kälte, es war eine andere Art von Schmerz. Ich sah, daß meine Handgelenke rot und geschwollen waren. Grace sagte: »Vermutlich wirst du mir erzählen, daß du dich an nichts von der vergangenen Nacht erinnerst.«

»Wann war vergangene Nacht?« sagte ich.

»Gestern.«

»Ich erinnere mich nicht an gestern.«

»In der vergangenen Nacht kam ein Herr dich besuchen«, sagte sie.

»Wer von ihnen war es?«

Denn ich wußte, daß Fremde im Haus waren. Als ich die Schlüssel nahm und auf den Flur hinausging, hörte ich sie in der Ferne lachen und sprechen, wie Vögel, und es war Licht im unteren Stockwerk.

Als ich um eine Ecke bog, sah ich ein Mädchen aus einem Zimmer kommen. Sie trug ein weißes Kleid, und sie summte vor sich hin. Ich preßte mich an die Wand, denn ich wollte nicht von ihr gesehen werden, doch sie blieb stehen und sah sich um. Sie sah nichts als Schatten, darauf gab ich acht, doch sie ging nicht ruhig bis zur Treppe. Sie rannte. Sie begegnete einem zweiten Mädchen, und die sagte: »Haben Sie ein Gespenst gesehen?« – »Ich habe nichts gesehen, aber ich dachte, ich hätte etwas gespürt.« – »Das ist das Gespenst«, sagte die zweite, und gemeinsam gingen sie die Treppe hinunter.

»Wer von diesen Leuten kam mich besuchen, Grace Poole?« sagte ich.

Er ist nicht gekommen. Selbst im Schlaf hätte ich es gemerkt. Er war noch nicht da.

Sie sagte: »Ich bin überzeugt, daß du dich an viel mehr erinnerst, als du vorgibst. Warum hast du dich so aufgeführt, wo ich doch versprochen hatte, du würdest ruhig und vernünftig sein? Nie mehr werde ich versuchen, dir was Gutes zu tun. Dein Bruder kam dich besuchen.«

»Ich habe keinen Bruder.«

»Er hat gesagt, er ist dein Bruder.«

Meine Gedanken wanderten einen langen, langen Weg zurück.

»War sein Name Richard?«

»Er hat mir nicht gesagt, wie er heißt.«

»Ich kenne ihn«, sagte ich und sprang aus dem Bett. »Es ist alles da, es ist alles da, aber ich hab's versteckt vor deinen abscheulichen Augen, so wie ich alles verstecke. Aber wo ist es? Wo hab' ich's versteckt? In der Schuhsohle? Unter der Matratze? Auf dem Schrank? In der Tasche meines roten Kleides? Wo, wo ist dieser Brief? Er war kurz, weil ich mich erinnert habe, daß

Richard keine langen Briefe mochte. Lieber Richard, bitte hol' mich weg von diesem Ort, wo ich sterbe, weil es so kalt und dunkel ist.«

Mrs. Poole sagte: »'s hat keinen Sinn, jetzt rumzurennen und zu suchen. Er ist fort, und er wird nicht wiederkommen – und an seiner Stelle würde ich's auch nicht.«

Ich sagte: »Ich kann mich nicht erinnern, was passiert ist. Ich kann mich nicht erinnern.«

»Als er hereinkam«, sagte Grace Poole, »hat er dich nicht erkannt.«

»Mach bitte das Feuer an«, sagte ich, »mich friert so.«

»Dieser Herr ist plötzlich angekommen und wollte dich unbedingt sehen, und das war der ganze Dank. Du hast dich mit einem Messer auf ihn gestürzt, und als er dir das Messer weggenommen hat, hast du ihn in den Arm gebissen. Du wirst ihn nie mehr sehen. Und woher hast du das Messer gehabt? Ich hab' ihnen erzählt, daß du es mir gestohlen hast, aber ich pass' viel zu gut auf. Deine Sorte kenn' ich. Von mir hast du kein Messer. Du mußt es an diesem Tag gekauft haben, als ich dich spazierengeführt hab'. Ich hab' Mrs. Eff gesagt, man sollte dich an die frische Luft lassen.«

»Als wir nach England gingen«, sagte ich.

»Du Dummkopf«, sagte sie, »das hier ist England.«

»Das glaube ich nicht«, sagte ich, »und ich werde es nie glauben.«

(An jenem Nachmittag waren wir nach England gegangen. Es gab Gras und olivgrünes Wasser und hohe Bäume, die sich im Wasser spiegelten. Das, dachte ich, ist England. Wenn ich hierbleiben könnte, würde ich wieder gesund werden, und das Rauschen in meinem Kopf würde aufhören. Laß mich noch ein bißchen hierbleiben, sagte ich, und sie setzte sich unter einen Baum und schlief ein. Ein bißchen weiter weg war ein Karren und ein Pferd – eine Frau saß auf dem Kutschbock. Sie war's, die mir das Messer verkauft hat. Ich gab ihr dafür das Medaillon, das ich um den Hals trug.)

Grace Poole sagte: »Du erinnerst dich also nicht, daß du diesen Herrn mit einem Messer angegriffen hast? Ich hatte gesagt, du würdest friedlich bleiben. ›Ich muß mit ihr sprechen‹, sagte er. Oh, er war gewarnt worden, aber er wollte nicht hören. Ich war im Zimmer, aber ich hab' nicht alles gehört, was er gesagt hat, nur: ›Ich kann nicht juristisch zwischen dir und deinem Mann eingreifen.‹ Und als er ›juristisch‹ gesagt hat, bist du auf ihn losgegangen, und als er dir das Messer aus der Hand gewunden hat, hast du ihn gebissen. Willst du behaupten, daß du dich an all das nicht erinnerst?«

Ich erinnere mich jetzt, daß er mich nicht erkannte. Ich sah, wie er mich anblickte, und seine Blicke schweiften von einer Ecke zur anderen, da er nicht fand, was er erwartet hatte. Er blickte mich an und redete mich an, als sei ich eine Fremde. Was machst du, wenn dir so etwas passiert? Warum lachst du über mich? »Hast du mein rotes Kleid auch versteckt? Hätte ich das getragen, dann hätte er mich erkannt.«

»Niemand hat dein Kleid versteckt«, sagte sie. »Es hängt im Schrank.«

Sie sah mich an und sagte: »Ich glaube nicht, daß du weißt, wie lange du schon hier bist, du arme Kreatur.«

»Im Gegenteil«, sagte ich, »nur ich weiß, wie lange ich schon hier bin. Nächte und Tage und Tage und Nächte, Hunderte sind mir durch die Finger geglitten. Doch das macht nichts. Zeit hat keine Bedeutung. Aber etwas, das man berühren und in der Hand halten kann wie mein rotes Kleid, das hat eine Bedeutung. Wo ist es?«

Sie wies mit einer ruckartigen Kopfbewegung zum Schrank hin, und ihre Mundwinkel verzogen sich nach unten. Sowie ich den Schlüssel umgedreht hatte, sah ich es hängen, in der Farbe des Feuers und des Sonnenuntergangs. In der Farbe der Blüten des Flamboyant-Baums. »Wenn du begraben wirst unter einem Flamboyant-Baum«, sagte ich, »erhebt sich deine Seele, wenn er blüht. Das wünscht sich jeder.«

168

Sie schüttelte den Kopf, doch sie rührte sich nicht und faßte mich auch nicht an.

Der Duft, der aus dem Kleid stieg, war zuerst ganz schwach, dann wurde er stärker. Der Geruch von Vetiver und Frangipani, von Zimt und Staub und blühenden Limonenbäumen. Der Geruch von Sonne und der Geruch von Regen.

... Ich trug ein Kleid von dieser Farbe, als Sandi mich zum letzten Mal besuchte.

»Kommst du mit mir?« sagte er. »Nein«, sagte ich, »ich kann nicht.«

»Dann ist das der Abschied?«

Ja, das ist der Abschied.

»Aber ich kann dich so nicht zurücklassen«, sagte er, »du bist unglücklich.«

»Du verschwendest Zeit«, sagte ich, »und wir haben nur noch so wenig.«

Sandi kam mich oft besuchen, wenn der Mann weg war, und wenn ich ausfuhr, trafen wir uns. Damals konnte ich noch ausfahren. Die Dienstboten wußten Bescheid, doch keiner von ihnen erzählte es weiter.

Nun blieb keine Zeit mehr, und so küßten wir uns in diesem albernen Zimmer. Die Wände waren mit geöffneten Fächern dekoriert. Wir hatten uns zuvor schon oft geküßt, doch nicht auf diese Art. Das war der Kuß auf Leben und Tod, und man weiß erst lange Zeit danach, was das ist, der Kuß auf Leben und Tod. Die Sirene des weißen Schiffes ertönte dreimal, einmal fröhlich, einmal auffordernd, einmal zum Abschied.

Ich nahm das rote Kleid aus dem Schrank und hielt es vor mich hin. »Sehe ich darin ausschweifend und unkeusch aus?« fragte ich. Der Mann hatte das zu mir gesagt. Er hatte herausgefunden, daß Sandi im Haus gewesen war und daß ich mich mit ihm traf. Ich habe nie erfahren, woher er es wußte.

»Haltlose Tochter einer haltlosen Mutter«, hatte er zu mir gesagt.

»Ach, leg's weg«, sagte Grace Poole, »komm und iß. Da ist dein grauer Morgenrock. Warum sie dir nichts Besseres geben, versteh' ich nun wirklich nicht. Geld haben sie schließlich genug.«

Doch ich behielt das Kleid in der Hand und fragte mich, ob sie mir den letzten und schlimmsten Streich gespielt hatten. Ob sie es *ausgetauscht* hatten, als ich nicht hinsah. Ob sie es ausgetauscht hatten, und es war gar nicht mein Kleid – aber woher hatten sie sich den Duft beschaffen können?

»Komm, steh hier nicht so zitternd rum«, sagte sie, recht freundlich für ihre Verhältnisse.

Ich ließ das Kleid auf den Boden fallen und sah vom Feuer zum Kleid und vom Kleid zum Feuer.

Ich legte mir den Morgenrock um die Schultern, aber ich sagte ihr, daß ich nicht hungrig sei, und sie versuchte nicht, mich zum Essen zu zwingen, wie sie es manchmal tut.

»Um so besser, wenn du dich an gestern abend nicht erinnerst«, sagte sie. »Der Herr fiel in Ohnmacht, und es hat eine hübsche Aufregung hier oben gegeben. Blut, wohin man sah, und mir hat man die Schuld gegeben, weil ich nicht verhindert hab', daß du ihn angegriffen hast. Und man erwartet den Herrn in ein paar Tagen. Nie mehr werd' ich versuchen, dir zu helfen. Du bist schon zu weit weg, als daß man dir noch helfen könnte.«

Ich sagte: »Hätte ich mein rotes Kleid getragen, dann hätte mich Richard erkannt.«

»Dein rotes Kleid«, sagte sie und lachte.

Doch ich sah auf das rote Kleid am Boden, und es war, als ob sich das Feuer im Zimmer ausgebreitet hätte. Es war schön, und es erinnerte mich an etwas, was ich tun muß. Ich werde mich daran erinnern, dachte ich. Jetzt werde ich mich ganz bald daran erinnern.

Da hatte ich zum drittenmal meinen Traum, und diesmal hatte er ein Ende. Ich weiß jetzt, daß die Treppenflucht zu diesem Raum führt, in dem ich liege und die Frau beobachte, die mit dem Kopf auf den Armen schläft. In meinem Traum wartete ich, bis sie zu schnarchen begann, dann stand ich auf, nahm die Schlüssel, schloß auf und ging hinaus, eine Kerze in der Hand. Diesmal war es leichter als je zuvor, und ich ging nicht, ich schwebte.

All die Leute, die im Haus gewesen waren, waren verschwunden, denn die Schlafzimmertüren waren geschlossen, doch mir schien, als folgte mir jemand, als machte jemand Jagd auf mich, lachend. Manchmal sah ich nach rechts oder nach links, doch nie sah ich mich um, denn ich wollte nicht dieses Gespenst einer Frau sehen, das hier umgehen soll. Ich ging die Treppe hinunter. Ich ging weiter, als ich je zuvor gegangen war. In einem der Zimmer sprach jemand. Ich ging lautlos, langsam vorbei.

Schließlich war ich in der Halle, wo eine Lampe brannte. Ich erinnere mich daran, es war bei meiner Ankunft. Eine Lampe und die dunkle Treppe und der Schleier über meinem Gesicht. Sie meinen, ich erinnere mich nicht, aber ich erinnere mich doch. Zur Rechten gab es eine Tür. Ich öffnete sie und trat ein. Es war ein großes Zimmer mit einem roten Teppich und roten Vorhängen. Alles andere war weiß. Ich setzte mich auf ein Sofa, um mich umzusehen, und es kam mir traurig und kalt und leer vor, wie eine Kirche ohne Altar. Ich wollte mehr sehen, und so zündete ich alle Kerzen an, und es waren viele. Ich zündete sie vorsichtig mit Hilfe der einen an, die ich trug, doch ich konnte nicht bis zu dem Lüster hinaufreichen. Dann sah ich mich um nach dem Altar, denn mit den vielen Kerzen und dem vielen Rot erinnerte mich der Raum an eine Kirche. Dann hörte ich eine Uhr ticken, und sie war aus Gold. Gold ist der Götze, den sie anbeten.

Plötzlich fühlte ich mich sehr elend in diesem Zimmer, obwohl das Sofa, auf dem ich saß, so weich war, daß ich darin einsank. Mir schien, ich war nahe daran einzuschlafen. Dann bildete ich mir ein, Schritte zu hören, und ich dachte, was werden sie sagen, was werden sie tun, wenn sie mich hier finden? Ich umfaßte mit der linken Hand mein rechtes Handgelenk und wartete. Doch da war nichts. Danach war ich sehr müde. Sehr müde. Ich wollte aus dem Zimmer hinaus, aber meine eigene Kerze war herabgebrannt, und ich nahm eine von den andern. Plötzlich war ich in Tante Coras Zimmer. Ich sah das Sonnenlicht durchs Fenster kommen, den Baum davor und die Schatten der Blätter auf dem Fußboden, aber ich sah auch die Wachskerzen, und ich haßte sie. Da warf ich sie alle auf den Boden. Die meisten erloschen, doch eine setzte die dünnen Vorhänge in Brand, die hinter den roten waren. Ich lachte, als ich sah, wie sich die schöne Farbe so rasch ausbreitete, doch ich hielt mich nicht auf, um zuzusehen. Ich ging wieder in die Halle, die lange Kerze in der Hand. Und da sah ich sie – das Gespenst. Die Frau mit dem wallenden Haar. Sie war eingefaßt von einem vergoldeten Rahmen, aber ich kannte sie. Ich ließ die Kerze fallen, und sie setzte den Zipfel eines Tischtuchs in Brand, und ich sah, wie Flammen aufschossen. Während ich rannte oder vielleicht dahintrieb oder flog, rief ich: Hilf mir, Christophine, hilf mir; und als ich mich umwandte, sah ich, daß mir geholfen worden war. Eine Wand aus Feuer war da, die mich schützte, doch es war zu heiß, ich wurde versengt und wich zurück.

Auf einem Tisch standen noch mehr Kerzen, und ich nahm eine davon und rannte die erste Treppenflucht hoch und dann die zweite. Im zweiten Stock warf ich die Kerze weg. Doch ich hielt mich nicht auf, um zuzusehen. Ich rannte die letzten Treppen hinauf und den Flur entlang. Ich kam an dem Zimmer vorüber, in das sie mich gestern gebracht hatten oder vorgestern, ich erinnere mich nicht mehr. Vielleicht war es vor langer Zeit, denn ich schien das Haus sehr gut zu kennen. Ich wußte, wie ich der Hitze und dem Geschrei entkommen konnte, denn jetzt hörte man Geschrei. Draußen auf den Zinnen war es kühl, und ich konnte sie kaum noch hören. Ruhig saß ich da. Ich weiß nicht, wie lange. Dann wandte ich mich um und sah den Himmel. Er war rot, und mein ganzes Leben war darin. Ich sah die Großvater-Uhr und Tante Coras Flickendecke, alle Farben, ich sah die Orchideen und die Stephanotis und den Jasmin und den Lebensbaum in Flammen. Ich sah den Lüster und den roten Teppich im Erdgeschoß und die Bambusstauden und die Baumfarne, den goldenen Farn und den silbernen und den weichen grünen Samt des Mooses auf der Gartenmauer. Ich sah mein Puppenhaus und die Bücher und das Bild von der Müllerstochter. Ich hörte den Papagei rufen: Qui est là? Qui est là?, wie er es immer tat, wenn er einen Fremden sah, und der Mann, der mich haßte, rief: Bertha! Bertha! Der Wind fuhr in mein Haar, und es breitete sich aus wie Flügel. Es könnte mich tragen, dachte ich, wenn ich zu den harten Steinen dort hinabspringen würde. Doch als ich über die Brüstung hinuntersah, erblickte ich den Teich von Coulibri. Tia war da. Sie winkte mir zu, und als ich zögerte, lachte sie. Ich hörte sie sagen: Hast Angst? Und ich hörte die Stimme des Mannes, Bertha! Bertha! Alles das sah und hörte ich im Bruchteil einer Sekunde. Und der Himmel so rot. Jemand schrie, und ich dachte: *Warum hab' ich geschrien?* Ich rief: »Tia!« und sprang hinab und erwachte.

Grace Poole saß am Tisch, aber sie hatte den Schrei auch gehört, denn sie sagte: »Was war das?« Sie stand auf, kam herüber und sah mich an. Ich lag reglos, atmete gleichmäßig mit geschlossenen Augen. »Ich muß geträumt haben«, sagte sie. Dann ging sie zurück, nicht zum Tisch, sondern zu ihrem Bett. Als ich sie schnarchen hörte, wartete ich noch lange, dann stand ich auf, holte die Schlüssel und schloß die Tür auf. Ich war draußen, meine Kerze in der Hand. Jetzt endlich weiß ich, warum man mich hierhergebracht hat und was ich zu tun habe. Da muß ein Luftzug gewesen sein, denn die Kerze flakkerte, und ich dachte, sie sei ausgegangen. Doch ich hielt die Hand davor, und sie flammte wieder auf, um mir den dunklen Flur entlang zu leuchten.

Anhang

## Jean Rhys und ihre Autobiographie

Einige Jahre vor ihrem Tod am 14. Mai 1979 begann Jean Rhys die Niederschrift eines autobiographischen Buchs zu erwägen. Der Plan reizte sie zwar nicht besonders, doch weil es sie manchmal verärgerte und kränkte, was andere Leute über sie schrieben, wollte sie die Fakten zu Papier bringen.

So etwas zu schreiben lag ihr wenig. Wenn sie einen Roman schrieb, dann deshalb, weil sie nicht anders konnte, und sie schrieb ihn – oder »es drängte sich ihr auf« – für sich selbst, nicht für andere, insofern das Schreiben zumindest teilweise eine therapeutische Funktion hatte. Sie schildert ihre erste Erfahrung mit diesem Prozeß in ›Allmählich wurde es kälter‹, und bei ihren anderen Werken erging es ihr mehr oder weniger genauso; allerdings kam dann immer noch eine umfangreiche, langwierige, sorgfältige und völlig bewußte Bearbeitung hinzu. Wenn einmal ein Roman von ihr Besitz ergriffen hatte, diktierte ihr dieser die eigene Form und Atmosphäre, und sie konnte sich darauf verlassen, daß ihr untrüglicher Instinkt ihr eingab, was ihre Personen innerhalb des vorgegebenen Rahmens sagen und tun würden. In einer Darstellung von Fakten mußte sie sich auf ihr Gedächtnis verlassen, nicht auf ihren Instinkt, und das beunruhigte sie. Ihre Ehrlichkeit war ungewöhnlich kompromißlos, und daher war sie der Überzeugung, daß sie in einem solchen Buch ausschließlich Dialoge verwenden konnte, an die sie sich mit Gewißheit erinnerte. Wie aber konnte sie gewiß sein, abgesehen von einigen wenigen Fällen?

Ein schwerwiegenderes Problem bestand darin, daß viel von ihrem Leben bereits in den Romanen »aufgebraucht« worden war. Sie waren nicht in jeder Einzelheit autobiographisch, wie manche Leser vermuten, aber autobiographisch waren sie mit Sicherheit, und ihre therapeutische Funktion war die Austreibung des Unglücks. Als Jean Rhys in einem Radio-Interview gefragt wurde, ob sie am Ende die Männer gehaßt habe, antwortete sie ganz entsetzt: »Aber nein!« Der Interviewer sagte, das überrasche ihn, denn das Unglück in ihrem Leben rühre doch wohl größtenteils von Männern her. Jean antwortete, der Grund dafür, daß dieser Eindruck habe entstehen können, sei vielleicht darin zu suchen, daß sie sich die traurigen Phasen ihres Lebens von der Seele geschrieben habe. Nachdem sie sich einmal etwas von der Seele geschrieben habe, sagte sie, sei das erledigt gewesen, und sie habe von vorn beginnen können. Ein Großteil des Materials, das sie für einen autobiographischen Text in Betracht ziehen mußte, war auf diese Weise bereits verwendet worden, und folglich wäre ein Aufarbeiten des restlichen Stoffs unerträglich mühselig gewesen.

Die Lösung, zu der sie sich langsam vorarbeitete, bestand darin, daß sie sich nicht um eine fortlaufende Geschichte bemühen, sondern die Vergangenheit hier und da aufgreifen wollte, an Punkten, wo sie sich gerade zu Vignetten kristallisierte. Die Erzählungen in ›Sleep it off, Lady‹ und ihre Zusammenstellung in chronologischer Reihenfolge bildeten eine Annäherung an diese Methode, obwohl sie erst nach der Niederschrift erkannte, daß man auf diese Weise damit verfahren konnte. Drei Jahre vor ihrem Tod begann sie planmäßig, solche Vignetten zusammenzustellen.

Inzwischen war sie sechsundachtzig, und das Alter setzte ihr sehr zu. Infolge eines Herzleidens war sie bei der geringsten Anstrengung rasch erschöpft, so daß sie nur ein oder zwei Stunden hintereinander arbeiten konnte und langer Erholungspausen bedurfte; außerdem waren ihre Hände so verkrüppelt, daß sie kaum imstande war, eine Feder zu benutzen. Ein Tonbandgerät betrachtete sie als eine Erfindung von nachgerade aufdringlicher Feindseligkeit, so daß nur noch die Möglichkeit blieb, den Text jemandem zu diktieren – ein schwieriges Unterfangen für einen Menschen, der so diskret war wie Jean Rhys. Zum Glück gelang es ihr, verständnisvolle Helfer zu finden – dazu gehörte insbesondere ihr Freund David Plante, der Romancier. In den Wintern 1976, 1977 und 1978, die sie, wie schon in früheren Jahren, in London verbrachte, widmete er der Niederschrift dessen, was sie ihm diktierte, eine Menge Zeit und bemühte sich voller Takt und Zuneigung, das Geschriebene abzutippen, es mit ihr zu besprechen und es ihr noch einmal vorzulesen, damit sie Änderungen anbringen konnte. Sie akzeptierte auch seinen Rat, was die Anordnung eines Teils des Materials betraf. Ohne ihn hätte sie den ersten Teil des Buchs nicht so vollenden können, wie sie es dann schließlich tat, und hätte auch nicht damit begonnen, das Material für den zweiten Teil zu ordnen.

Der erste Teil ist der Bericht über ihre Kindheit in Dominica, dem sie den Titel ›Lächeln, bitte!‹ gab. Darin werden die Vignetten miteinander verknüpft, so daß sich, statt einzelner Szenen, eher ein impressionistisches Bild jener Jahre als Ganzes ergibt. Und aus dem Beginn der fragmentarischen Fortsetzung des Buchs läßt sich ersehen, daß sie von den einzelnen Vignetten zunehmend zu einer kontinuierlichen Schreibweise fand.

Wenn ich sage, daß Jean Rhys den ersten Teil des Buchs vollendete, sollte ich eigentlich hinzufügen, daß sie, kaum hatte sie mir das Manuskript mit einem Begleitbrief geschickt, in dem sie schrieb, nun sei es glücklich fertig, in einem nächsten Brief das Gesagte zurücknahm: Natürlich bedurfte das Buch noch einer gewissen Überarbeitung. Wir kamen daher überein, wenn sie in ungefähr sechs Wochen nach London kommen würde, wie sie es vorhatte, das Manuskript gemeinsam durchzugehen, so daß sie ihm den letzten Schliff geben konnte. Der Sturz, der zu ihrem Tod führte, ereignete sich zwei Tage, bevor diese Reise stattfinden sollte.

Ich bin mir sicher, daß Jean Rhys hier und da ein paar Worte geändert und andere weggelassen hätte, doch ich zweifle ebensowenig daran, daß dies nur selten vorgekommen wäre. Ich glaube, das behaupten zu können, weil ich ihre Lektorin bei ›Sargassomeer‹ und ›Sleep it off, Lady‹ war und weil ich mit Leuten sprach, die sie aus der Zeit kannten, als sie an ihren früheren Büchern arbeitete. Meine eigene Erfahrung und die Aussagen anderer überzeugten mich, daß Jean Rhys keinen Text aus der Hand gab, bevor er, von winzigen Details abgesehen, vollendet war. Ein Beispiel für ihren Perfektionismus: Ein paar Jahre nach der Veröffentlichung von ›Sargassomeer‹ sagte sie zu mir aus heiterem Himmel: »Etwas habe ich Sie immer schon fragen wollen. Warum ließen Sie zu, daß ich dieses Buch publizierte?« Hier ist eine Randbemerkung notwendig. Sie war eine Autorin, die sich an ihren Lektor wandte – eine Autorin, die durch ungewöhnlich gute Manieren eingeschränkt wurde. Denn »Warum ließen Sie es zu?« muß eigentlich verstanden werden als »Warum haben Sie mich dazu genötigt?« – übrigens eine unfaire Bezichtigung. Ich fragte sie entrüstet, was in aller Welt sie damit meine. »Es ist noch nicht fertig«, sagte sie kühl. Dann verwies sie auf zwei überflüssige Worte in dem Buch. Das eine war »dann«, das andere »ganz«.

Ich war nicht unaufrichtig, als ich mich dafür entschuldigte, daß ich diese zwei Worte übersehen hatte. Eine so exemplarische Stilistin wie Jean Rhys hat das Recht, unermüdliche Aufmerksamkeit von einem Lektor zu erwarten. Daher bitte ich sie nun um Verzeihung für die überflüssigen Wörter, die möglicherweise in der Autobiographie stehengeblieben sind – obwohl ich zögern würde, sie zu tilgen, selbst wenn mir welche auffielen, nun, da sie nicht mehr hier ist und ihre Einwilligung geben kann.

Die zweite Hälfte ihrer autobiographischen Aufzeichnungen, der ich den Titel ›Allmählich wurde es kälter‹

gegeben habe, besteht aus Material, das nicht den Anspruch erhebt, abgeschlossen zu sein. Letztlich ist es ein Teil – und nur ein Teil – dessen, was Jean Rhys sagen wollte, in Form von ersten Entwürfen oder von Notizen, die zu ersten Entwürfen werden sollten und die im Jahre 1923 aufhören, kurz bevor sie Ford Madox Ford begegnete und, durch ihn ermuntert, im Hinblick auf eine Veröffentlichung zu schreiben begann. Sie beabsichtigte, dieses Material zu überarbeiten, wenn sie sich nach dem Abschluß von ›Lächeln, bitte!‹ wieder erholt hätte, doch ihre zunehmende Hinfälligkeit im letzten Winter ihres Lebens verhinderte dies. Einen handschriftlichen Anhang mit dem Titel ›Aus einem Tagebuch‹ hatte sie ungefähr dreißig Jahre lang aufbewahrt. Als die gemeinsame Arbeit mit David Plante vor dem Abschluß stand, holte sie ihn wieder aus der Versenkung, in der Hoffnung, ihn in das Buch einfügen zu können, wenn sie eine Möglichkeit dazu fände. Ein kleiner Teil dessen, was sie diktierte, ist so bruchstückhaft, daß es nur verwirrt hätte, und ihn habe ich ausgelassen. Da ein Teil des Materials in zwei Fassungen vorlag – wobei die zweite, über die sie sich mit David Plante geeinigt hatte, der ersten vorzuziehen war –, erlaubte ich mir in einem Fall – bei der Stelle, wo es über das Annehmen von Geld geht –, auf ein paar Worte aus der ersten Fassung zurückzugreifen; den Witz über Schauspieler und Fische plazierte ich an eine Stelle, wo er sich besser einzufügen schien; und häufig änderte ich die Interpunktion ab, die sich aus dem Rhythmus des Diktierens ergeben hatte, um sie der Interpunktion anzugleichen, die für ihre übrige Prosa charakteristisch ist. Hier und da verzichtete ich auf Wörter wie »sehr«, »ganz« oder »Ich dachte«, da ich mir sicher war, Jean wäre genauso verfahren, hätte sie die betreffende Stelle noch redigieren können.

Sie kam nicht mehr dazu, in diesem zweiten Teil des Buchs, das ihr Leben nach ihrer Ankunft in England im Alter von sechzehn Jahren behandelt, etliche Dinge so, wie sie es beabsichtigt hatte, richtigzustellen. Daß eine solche Richtigstellung manchmal erforderlich ist, ergibt sich daraus, daß ihre Romane so offenkundig autobiographisch sind, daß manche Leser sie für autobiographischer halten, als sie in Wirklichkeit sind. Ein typisches Beispiel dafür steht in einem der Nachrufe auf sie, in dem behauptet wird, Jean Lenglet, ihr erster Mann, sei wegen Diebstahl eingesperrt gewesen. Stephan Zelli in ›Quartett‹ wurde wegen Diebstahl eingesperrt – nicht Jean Lenglet. Als die französische Polizei ihn 1923 verhaftete und in sein Heimatland Holland auswies, wurde ihm nicht Diebstahl zur Last gelegt, sondern ein Vergehen gegen die Devisenbestimmungen (in Jean Rhys' Augen eine »wirklich sehr unfaire« Bezichtigung, »da es jedermann tat«) und die illegale Einreise nach Frankreich.

Was Jean Rhys über das Verhältnis zwischen ihrer Biographie und ihren Romanen zu äußern pflegte, bestätigt nur, was die meisten Schriftsteller und Literaturwissenschaftler für selbstverständlich halten, doch vielleicht lohnt es, hier noch einmal daran zu erinnern. Alles, was sie jemals schrieb, pflegte sie zu sagen, sei aus etwas entstanden, was sich ereignet hatte, und ihr erstes Anliegen war, es so genau wie möglich niederzuschreiben. Doch gleichzeitig sagte sie: »Ich habe für die Form viel übrig«, oder auch: »Ein Roman muß eine Form haben, das Leben aber hat keine.« Wenn der Roman in sich stimmte, nahm er sehr bald eine eigene Form an (sie schien das Gefühl zu haben, der Roman und nicht sie bestimme diese Form). Dann war sie gezwungen, Dinge auszulassen, die sich ereignet hatten, oder andere hinzuzufügen; hier etwas zu betonen und dort etwas abzuschwächen – dies alles geschah, um der Gestalt und dem Wesen des Kunstwerks zu entsprechen, das sich aus der ursprünglichen Erfahrung entwickelte. Jean Rhys wurde von diesem Prozeß nie sehr weit über ihre Erfahrung hinausgeführt – in der Tat war die Treue zum Kern dieser Erfahrung von großer Bedeutung für die therapeutische

Funktion des Werks wie auch für dessen Wert für andere –, doch er führte sie immerhin so weit, daß Fallen für die Unachtsamen stehenblieben. Fehlschlüsse, die aufgrund des (scheinbaren) Beweismaterials, das die Romane lieferten, gezogen wurden, mögen kaum zu entschuldigen sein, verständlich sind sie allemal. Dies gilt jedoch weniger für waghalsige Vermutungen. So gibt es zum Beispiel in Arthur Mizeners Biographie über Ford Madox Ford eine Fußnote, von der Jean Rhys meinte, sie suggeriere, daß sie ein Kind von Ford gehabt habe. Sie hatte zwei Kinder, und der Vater von beiden war Jean Lenglet: einen Sohn, der 1920 geboren wurde und bald nach der Geburt starb, und eine 1922 geborene Tochter, die heute noch lebt.

Aus Gesprächen mit Jean weiß ich, daß sie in der Autobiographie erwähnen wollte, daß Jean Lenglet der Vater ihrer beiden Kinder war; und ich schließe aus anderen Dingen, die sie mir gegenüber äußerte, daß es sie sehr bekümmert hätte, ihn als Dieb beschrieben zu wissen. Was sie darüber hinaus noch im Sinne einer Richtigstellung zu sagen beabsichtigt hatte, weiß ich nicht. Ich kam jedoch mit ihrer Tochter und einigen Jean Rhys nahestehenden Freunden überein, daß folgender kurzer Lebenslauf eine nützliche Ergänzung sein könnte.

1890 (?) Geburt von Ella Gwendolen Rees Williams, die verschiedene andere Namen benutzen sollte, bevor sie sich endgültig für das Pseudonym Jean Rhys entschloß. Über ihr tatsächliches Alter besteht Unklarheit, da sie es ungern preisgab. Das Datum 1894, das in ›Who's Who‹ angeführt ist, hat sie selbst angegeben. Auf einem alten Paß ist jedoch 1890 eingetragen, und ein inzwischen verstorbener Cousin von ihr erwähnte mir gegenüber einmal, daß sie als Kinder oft darüber gesprochen hätte, daß sie »zehn Jahre älter als das Jahrhundert« sei.

1907 verließ sie Dominica, um die Perse School in Cambridge zu besuchen, wo sie nur ein Semester verbrachte.

1908 brach sie die Schulausbildung ab, um an die »Academy of Dramatic Art« zu gehen (damals noch nicht als RADA bekannt, da sie noch nicht in den Rang einer »Royal Academy« erhoben war). Tod des Vaters. Abbruch der Akademie-Ausbildung, Anfänge beim Revuetheater.

1909 Erste Liebesaffäre, die achtzehn Monate dauerte.

1919 Abreise nach Holland, um Jean Lenglet zu heiraten.

1920 Geburt des Sohnes William, der drei Wochen später starb.

1922 Geburt der Tochter Maryvonne.

1923 Verhaftung von Jean Lenglet wegen illegaler Einreise nach Frankreich und Vergehens gegen die Devisenbestimmungen zu der Zeit, als er sich in Wien aufhielt. Er hatte dort im März 1920 einen Posten bei der Alliierten Abrüstungskommission angetreten, und Jean Rhys hatte mehrere Monate mit ihm in Wien und in Budapest verbracht. Jean Lenglet wurde nach Holland ausgewiesen.

1927 Begegnung mit Leslie Tilden Smith.

1932 Scheidung von Jean Lenglet. Eheschließung mit Leslie Tilden Smith. Von den folgenden sechs Jahren sagte ihre Tochter: »Sie vereinbarten, daß ich in Holland auf die Schule gehen sollte, wobei sowohl mein Vater als meine Mutter für mich aufkamen. Die Ferien verbrachte ich bei meiner Mutter – es war wunderbar, alles war da, was ein Kind sich nur wünschen konnte: Bücher, Ballett, Musik, Pantomime, Zirkus; im Sommer zelteten wir, reisten mit dem Wohnwagen umher, fuhren in die Sommerfrische an die Themse. Dieses Arrangement dauerte an bis zum Ausbruch des Kriegs, als ich es vorzog, nach Holland zurückzugehen.«

1945 Tod von Leslie Tilden Smith.

1947 Eheschließung mit Max Hamer.
1953 Übersiedlung mit Max Hamer nach Cornwall.
1956 Übersiedlung nach Cheriton Fitzpaine in Devon-
    shire, wo sie den Rest ihres Lebens verbrachte.
1964 Tod Max Hamers.
1979 Tod von Ella Gwendolen Hamer, Jean Rhys, am
    14. Mai.

## Zur Editionsgeschichte der Bücher von Jean Rhys

Hier die kurze Zusammenfassung einer schon oft wiedergegebenen Geschichte, die aufgenommen wurde, da sie für Leser, die erst in neuerer Zeit zum Werk von Jean Rhys gefunden haben, von Interesse sein könnte. Sie veröffentlichte fünf Bücher vor dem Zweiten Weltkrieg, die zwar von Kritikern bewundert wurden, bei einem größeren Publikum jedoch nur geringen Eindruck hinterließen. Nach der Publikation von ›Guten Morgen, Mitternacht‹ (1939) verschwand sie aus der literarischen Szene (der sie nie augenfällig »angehört« hatte) so vollständig, daß sie für tot gehalten wurde. Bei Kriegsende erinnerten sich nur noch wenige an ihre Bücher; einer, der sich noch an sie erinnerte, Francis Wyndham, arbeitete jedoch einige Zeit als literarischer Berater für André Deutsch [den Verlag, der heute das Gesamtwerk von Jean Rhys publiziert] und machte mich auf die Bücher aufmerksam. Ich werde nie vergessen, wie ich Jean Rhys' Stimme zum erstenmal in den alten Ausgaben von ›Guten Morgen, Mitternacht‹ und ›Irrfahrt im Dunkel‹ vernahm, die mir Francis im Jahre 1955 geliehen hatte.

Francis Wyndham war es auch, der in ›Radio Times‹ las, daß die BBC mit Hilfe einer Anzeige im Zusammenhang mit einer Funkbearbeitung von ›Guten Morgen, Mitternacht‹ Informationen über Jean Rhys gesucht hatte, und daß sie selbst auf die Annonce geantwortet hatte. Er machte ihre Adresse ausfindig und schrieb ihr, wie sehr er ihr Werk bewundere. Sie ließ ihn wissen, daß sie an einem neuen Roman arbeite, ›Sargassomeer‹ (den Titel hatte sie damals allerdings noch nicht gefunden), worauf er sie im Auftrag von André Deutsch um eine Option für dieses Buch bat. Zu diesem Zeitpunkt – es war im Mai 1957 – schrieb ich den ersten der vielen Briefe, die Jean und ich im Lauf der Jahre wechseln sollten. Ich schlug vor, daß wir nach der Publikation des neuen Romans ein paar oder alle ihre früheren Bücher veröffentlichen würden, wenn alles gutgehe.

Sieben Jahre vergingen, bevor ›Sargassomeer‹ so weit vollendet war, daß Jean Rhys sich bereit erklärte, das Manuskript nach London zu bringen und einer Stenotypistin die zwei oder drei winzigen Änderungen zu erklären, die sie noch zu machen wünschte. Es hatte so lange gedauert, weil ihr Mann erkrankt und ihr Leben so schwierig geworden war, daß sie oft nicht zum Schreiben kam. Ich wußte aus ihren Briefen, wie nahe sie der Verzweiflung gewesen war; und ich wußte, da ich die Manuskriptteile zur Stenotypistin gegeben hatte, wie erfolgreich sie gegen diese Verzweiflung angekämpft hatte. Daher bewegte mich die Aussicht auf dieses Treffen außerordentlich. Wir planten, das Ereignis beim Mittagessen mit einer Flasche Champagner zu feiern.

Statt dessen mußten wir gemeinsam im Krankenwagen ins Hospital fahren. Kaum war Jean in London angekommen, als sie einen Herzanfall erlitt.

Die vierzehn Jahre ihres Lebens, die ihr noch blieben, war ihre Gesundheit angegriffen, und die ersten zwei Jahre nach dem Herzanfall war sie so geschwächt und niedergeschlagen, daß sie sich nicht in der Lage sah, selbst die geringfügige Arbeit an ›Sargassomeer‹ auszuführen, die noch zu leisten war.

Diese Zeit war für uns, ihren Verlag, recht frustrierend. Wir hatten das Manuskript eines wunderschönen Romans in Händen, von dem nur die Autorin glaubte, er sei noch unvollendet, doch ich hatte ihr versprechen müssen, ich würde es weder publizieren noch publizieren lassen, bevor sie ihre Einwilligung dazu gab.

Als sie diese schließlich erteilte, geschah es aufgrund eines Traums. Sie schrieb mir, sie habe immer wieder denselben Traum gehabt, in dem sie zu ihrem Entsetzen schwanger gewesen sei. Dann träumte sie wieder, doch diesmal war das Kind geboren, und sie betrachtete es, wie es in der Wiege lag – »so ein kümmerliches schwaches Ding. Demnach muß das Buch abgeschlossen sein, und wahrscheinlich denke ich das auch in Wirklichkeit. Jetzt träume ich nicht mehr davon.«

›Sargassomeer‹ wurde sowohl vom Publikum als von der Kritik enthusiastisch aufgenommen. Es erhielt den W. H. Smith Literary Award und einen Preis der Royal Society of Literature; im Anschluß an diese Veröffentlichung wurden alle ihre früheren Bücher wiederaufgelegt, mit Ausnahme von ›The Left Bank‹. 1978 erhielt Jean Rhys den Orden »Commander of the British Empire« für ihre Verdienste um die Literatur.

Die Anerkennung kam spät – zu spät, um ihr noch nachhaltiges Vergnügen zu bereiten, obwohl sie über die bescheidene finanzielle Sicherheit, die damit verbunden war, froh war. Viele der Formen, die diese Anerkennung annahm, waren ihr nicht wichtig. Die Anerkennung, die einem Künstler am meisten bedeutet, kommt ihm aus den eigenen Reihen, und für Jean Rhys war dieser Kreis klein. Man kann nur hoffen, daß sie am Ende eine private Befriedigung daraus zog, daß sie sich so ganz und gar, um ihre eigenen Worte zu gebrauchen, den Tod verdient hatte.

Die Werke von Jean Rhys in der Reihenfolge ihres ersten Erscheinens.

(Verlagsort bei den englischen Ausgaben ist in allen Fällen London.)

›The Left Bank: sketches and studies of present-day Bohemian Paris‹, Cape, 1927. Die Skizzen, die Jean Rhys wiederaufzulegen wünschte, sind in ›Tigers are Better Looking‹ enthalten (siehe unten).

›Postures‹, Chatto & Windus, 1928. Neuauflage unter dem Titel ›Quartet‹: André Deutsch, 1969

›After Leaving Mr Mackenzie‹, Cape, 1930. Neuauflage: André Deutsch, 1969

›Voyage in the Dark‹, Constable, 1934. Neuauflage: André Deutsch, 1967

›Good Morning, Midnight‹, Constable, 1939. Neuauflage: André Deutsch, 1967

›Wide Sargasso Sea‹, André Deutsch, 1966

›Tigers are Better Looking‹, André Deutsch, 1968. Erzählungen, die unter anderem eine Auswahl aus ›The Left Bank‹ enthalten.

›Sleep it off, Lady‹, André Deutsch, 1976

Jean Rhys übersetzte auch zwei Bücher aus dem Französischen. Das eine, ›Perversity‹ von Francis Carco, erschien 1928 bei P. Cocivi in Chicago. Der Verlag gab Ford Madox Ford als Übersetzer an, doch hatte dieser Jean Rhys nur den Auftrag verschafft. Damals ärgerte sie sich darüber, doch später pflegte sie ganz fröhlich darüber zu sprechen und meinte, Fords Name habe vermutlich mehr Leser angezogen als der ihre.

Der andere Titel war ›Barred‹ von Edward de Nève, einem Pseudonym von Jean Lenglet; das Buch wurde 1932 von Desmond Harmsworth verlegt. Dieser Roman beruhte auf denselben Ereignissen wie ›Quartet‹. Jean Rhys hatte einen ausgesprochenen Sinn für das, was »fair« und was »unfair« war – diese Wörter tauchen bei ihr häufig auf. Sie äußerte sich mir gegenüber, sie habe es »nur für fair gehalten«, daß die romanhaft verfremdete Version, die ihr Mann von denselben Ereignissen gab, ebenso zugänglich sei wie die ihre, und sie gab sich große Mühe, einen Verleger für ihre Übersetzung des Buchs zu finden. Sie erzählte auch, sie habe der Versuchung nachgegeben, ein paar – sehr wenige – Sätze zu streichen, die über sie gesagt wurden und die sie für »zu unfair« hielt.

Diana Athill, Mai 1979

**Terry McMillan**

Ihre Romane demnächst bei Rogner & Bernhard:

# MAMA *und*
# AB DURCH DIE MITTE

Terry McMillans Heldinnen sind erfolgreich im Beruf, schick und lebensklug und wohnen weitab von jenen tristen Orten, die durch Rassenunruhen auffallen. Sie kommen ohne Männer zurecht und sind doch ständig auf der Suche nach dem Märchenprinzen. Sie sind lustig und traurig, raffiniert und ordinär.
»Einfach scheißnormal«, sagt Terry McMillan.

*Cosmopolitan*

**Bücher von Rogner & Bernhard gibt es nur bei Zweitausendeins.**

# Graham Greene im dtv

Orient-Expreß
Roman

Im Jahre 1930 rast der Orient-Expreß durch Europa. Sein Ziel ist Konstantinopel. Seine Insassen u. a.: eine Varieté-Tänzerin, die sich in einen jüdischen Fabrikanten verliebt, eine trinkfreudige Reporterin, die einen politischen Flüchtling entlarven will, ein Mörder. Verspätung in Wien: 20 Minuten, wegen Schneesturms. Verspätung in Konstantinopel: drei Stunden, wegen einer niedergeschlagenen Revolution.
dtv 11530

Ein Sohn Englands
Roman

Der erste Roman Graham Greenes, der die persönliche Verantwortung zum Thema hat, in Situationen, wo die geforderte Pflichterfüllung den menschlichen Anstand verletzen würde. »Sein Werk zählt, die Epoche betrachtet, zum Bestand der großen Literatur«, schreibt Joachim Fest in der ›Frankfurter Allgemeinen Zeitung‹.
dtv 11576 (Sep. '92)

Ein Mann mit vielen Namen
Roman

Der »Captain« alias Colonel Claridge hat den zwölfjährigen Victor beim Backgmmon vom »Teufel« gewonnen und wird trotz oder gerade wegen seiner zahlreichen, unerklärlichen Abwesenheiten zur beherrschenden Figur im Leben des jungen Mannes. Liebe und Angst, auch Furcht, vom angebeteten Captain verraten zu werden, läßt in diesem Roman alle lügen, weil das ihre Wahrheit ist. Doch erst im fernen Lateinamerika zeigt sich der wahre Charakter des Mannes mit den vielen Namen. dtv 11429